FREJA LIND

DIE ZWEI GESICHTER DER GEILEN DOMINANZ

EROTISCHER ROMAN

AF131090

BLUE PANTHER BOOKS

BLUE PANTHER BOOKS TASCHENBUCH
BAND 2884
1. AUFLAGE: NOVEMBER 2024

VOLLSTÄNDIGE TASCHENBUCHAUSGABE
ORIGINALAUSGABE

LEKTORAT: JASMIN FERBER

COVER:
© PANTIPIT @ 123RF.COM
UMSCHLAGGESTALTUNG: MT DESIGN
GESETZT IN DER TRAJAN PRO UND ADOBE GARAMOND PRO

PRINTED IN POLAND
ISBN 978-3-7561-2956-0
WWW.BLUE-PANTHER-BOOKS.DE

SINA

Überglücklich tänzelte Sina die Einkaufsstraße entlang. Sie verschwendete keinen Gedanken an die Auslagen in den Geschäften. Auch hatte sie keinen Blick für die Menschen, die ihr auf ihrem Weg entgegenkamen und sie verwundert ansahen. Ihre Gedanken wirbelten durcheinander, so sehr, dass sie fast bei Rot über die Ampel gelaufen wäre, als sie die Straße zum Teich mit den Enten überqueren wollte. Endlich auf einer Bank angekommen, ließ sie sich nieder, streckte die Beine, den Körper, die Arme lang durch, atmete tief ein und glücklich wieder aus.

Wenn er die Neuigkeit erführe, dann würde er sie überschwänglich in die Luft heben, sie beide im Kreis drehen, sie in seinen Armen wieder heruntersinken lassen und küssen. Lange und ausgiebig küssen, das Glück kaum fassend. Der Gedanke an ihn ließ eine Erregung durch ihren Körper ziehen, der sie sich kaum erwehren konnte. Unweigerlich musste sie an diese wunderbare Nacht im Mondschein denken.

Die Spätsommertage im September waren noch ungewöhnlich warm gewesen, dass sie erst spät ein wenig Abkühlung gestatteten. Den Vorschlag, eine Decke zu nehmen und sich irgendwo ein Plätzchen zwischen den Büschen an den nahe gelegenen Weiden zu suchen, nahm er gern an. Auch wenn es schon spät war, schien der Mond so hell, dass sie sich sehen konnten. Als er dann die ersten Knöpfe ihrer Bluse öffnete und ihre Brüste hervorsprangen, wusste sie bereits, dass es eine besondere Nacht werden würde. Es erfüllte sie mit einiger Genugtuung, dass ihr Körper ihn so in Erregung versetzen konnte. Sein Verlangen war unüberhörbar. Seine Atmung wurde kürzer, kraftvoller, verlangender – wie ein unbekanntes nächtliches Wesen, das seine Beute gewittert hatte. Sie mochte das, seine Gier, seine Wildheit, seine aus allen Poren strömende

Männlichkeit. Dieser Wille, sich einfach zu nehmen, was er verlangte: nämlich sie.

Die Bluse flog von ihrem Körper, der kurze Rock war schnell hochgeschoben. In Erwartung seiner Begierde hatte sie sich bereits zu Hause ihres Höschens entledigt. Wie genoss sie die Feuchtigkeit, die sich bereits auf dem Weg zwischen ihren Beinen bildete. Und wie würde er darauf reagieren, wenn er feststellte, dass sie sich vorbereitet hatte?

»Du kleines Luder«, hauchte er mit viel Begierde in der Stimme, »du willst es also nicht anders.«

»Nimm mich, mein Raubtier. Ich will dein Opfer sein«, stöhnte sie zurück und drapierte sich auf der Decke wie ein Stück Fleisch, das dem Löwen zum Fraß vorgesetzt wurde.

Mit nicht immer zärtlichen Bissen fraß er sich über ihre Schenkel, leckte gierig an ihrer Scham, bohrte seine Zunge in ihren Bauchnabel, kam hoch zu ihren Brüsten, saugte die Beute tief ein, um danach ihre Brustwarzen zwischen den Zähnen zu halten und daran zu ziehen.

Oh, wie sie es mochte, so von ihm in höchste Erregung versetzt zu werden. Sein nackter Körper schwebte bald im Liegestütz über ihr, sein erigierter Schwanz klopfte fordernd an ihre Pforte. Natürlich stand diese bereits weit offen, und mit einer kleinen Handbewegung leitete sie den Eindringling auf den vorbereiteten Weg. Ihre geile Feuchtigkeit erfüllte jetzt ihren Zweck, und er schob sein mächtiges Teil sofort bis zum Anschlag in sie hinein. Sie bog sich hoch, wölbte ihm ihr Becken entgegen, verlangte, hart genommen zu werden, verlangte gefressen und letztlich vernichtet zu werden.

Er war ein Mann, der ihre geheimen Wünsche zu lesen wusste. Nicht nur biederer Kuschelsex, sondern auch mal hart gevögelt zu werden, das brauchte sie. Für sie hatte es nichts Verwerfliches, wenn sie sich dem Manne mit Haut und Haaren hingab. Alles, was er mit ihr machte, konnte ihr eine besondere Befriedigung schenken.

Diesmal sollte er nicht über ihren Brüsten kommen, sondern in ihrer Möse, so wie sie sich das vorher überlegt hatte. Wenn sie ihre Brüste nur ordentlich in Szene setzte, dann würde ihn das geil genug machen, um das Spiel aus Anreiz und Unterdrückung nicht ewig in die Länge zu ziehen. Er kam in ihr, und sie hatte sogar einen kleinen Orgasmus. Zum Glück, denn er würde sich nicht mehr groß um sie kümmern, wenn er seine Arbeit getan hatte. Aber darum ging es ihr heute auch nicht.

Sie blickte zum Mond hinauf, der so hell auf ihre nackten Leiber schien, dass sie silbrig weiß glänzten. Sternenstaub, dachte sie beim Anblick ihrer Körper. Eine besondere Macht schien es gut mit ihnen zu meinen, fand sie und lächelte. Und er lächelte auch. Sie ließ sich in seine Arme ziehen und schmiegte sich eng an ihn. Verträumt an seiner Brust liegend, glaubte sie: *Dieser Mann wird dich nie mehr loslassen.* Sie würde noch nichts verraten, erst wenn sie sicher sein konnte. Hier und heute war es ihr einzig um sein Sperma gegangen.

Und jetzt saß sie hier auf dieser Bank am Ententeich und konnte ihr Glück kaum fassen: Die Frauenärztin hatte ihr bescheinigt, dass sie schwanger war.

***

Sie hatte Luke auf dem Wochenmarkt kennengelernt. Ist der Wochenmarkt ein Ort, an dem man einen Mann kennenlernt? *Guten Tag, schöne Frau, darf ich mich anbieten, Ihre Einkäufe zu tragen?* So vielleicht? Nein, es kam ganz anders, eher zufällig zustande.

Sie wollte am Gemüsestand Artischocken erstehen. Pizza mit Artischockenherzen belegt, ein Genuss ohnegleichen. Und da stand er, ebenfalls an diesem Gemüsestand.

»Sie mögen Artischocken?«

»Oh, äh, ja. Auf einer Pizza dürfen sie meiner Meinung nach nicht fehlen.«

»Stimmt, auf der Quattro Stagioni, der Pizza ›Vier Jahreszeiten‹, sind immer Artischocken drauf.«

»Aber leider nur auf einem Viertel. Und die anderen Viertel muss ich dann mitessen.«

»Und deshalb backen Sie sich lieber selbst Ihre Pizza und umgehen so den Sommer, den Herbst und den Winter?«

»Ja, genau. Das haben Sie gut erkannt. Und Sie? Immerhin kennen Sie Artischocken. Die meisten Männer, die ich kenne, wissen damit nichts anzufangen.«

»Sie gehört zu den Distelgewächsen und hat in der Blüte eine wunderbare lila Farbe. Darauf stehen besonders die Hummeln. Gegessen wird aber eher das Herz, der Blütenboden. Sie werden es nicht glauben, aber auch ich wollte eine Artischocke kaufen. Eine besonders große, die ich ohne Pizzaboden zubereiten werde.«

»Ich bin erstaunt.«

»Dass ich mit diesem Wissen einmal eine Frau beeindrucken würde, hätte ich nie gedacht. Darf ich Sie etwas fragen?«

»Bitte, nur zu.«

»Würden Sie mit mir einen Kaffee trinken gehen?«

Sina sagte zu. *Natürlich. Warum sollte sie einem so charmanten, fremden Mann dieses kleine Date verweigern?* Er hatte Manieren, sah mit seinen schwarzen Haaren und seiner hochgewachsenen Statur umwerfend gut aus. Und erst seine Augen. Ein dunkles Grün, wie ein Gebirgssee, in dem man versinken möchte. Kurz, sie war neugierig, was sich daraus entwickeln würde. Schließlich sagte man Artischocken auch eine aphrodisierende Wirkung zu.

Doch jetzt ging es erst mal nur um einen Kaffee. Sina schalt sich ihrer Gedanken. Der Mann schien viel zu anständig, als dass er gleich mit ihr ins Bett steigen wollte. Aber sie konnte es ja mal darauf anlegen. Ihr letzter Freund war bereits seit Monaten Geschichte. Konnte seinen Schwanz nicht in der Hose lassen, sobald ihm ein jüngeres und blonderes Exemplar der weiblichen Spezies über den Weg stolzierte. Dass sie mit ihren Reizen nicht mithalten konnte, hatte sie arg gedemütigt. Eigentlich hatte sie nie Probleme gehabt, neue Männer kennenzulernen. Aber am Ende entpuppten sie sich doch allesamt als Arschlöcher. Würde dieser Mann ihre Ausstrahlung richtig deuten können? Einen Versuch war es wert. Nur Kaffeetrinken und über Artischocken reden? Wie sollte man dabei um das Thema Aphrodisiakum überhaupt herumkommen?

Luke arbeitete in der Rechtsabteilung einer großen Firma. Nichts Aufregendes, wie er sagte, Wirtschaftsverträge, langweiliger Papierkram, wenn man es genau nähme. Aber wie er über diesen langweiligen Papierkram reden konnte, bemerkte sie doch eine gewisse Leidenschaft in seiner Stimme. Oder war es Ehrgeiz? Jedenfalls ging sie interessiert auf ihn ein. Männer mochten es, wenn man sie für ihre Arbeit achtete. Sie selbst gab von sich preis, dass sie die Buchführung in einem mittelgroßen Handwerksbetrieb mache. Kein so gehobener Job wie seiner, aber sie setzte dabei geschickt ihren Körper in Szene, sodass sie trotzdem seine Aufmerksamkeit hatte.

»Allein als Frau unter schwitzenden kräftigen Männern, die Autoteile durch die Werkstatt tragen?«

Wie er provozierend nachfragte. Wie mutig. Er selbst hatte sich einen Schritt vorgewagt und sein Interesse bekundet. Da war es also, das Thema Sex. Hatte sie ihn bereits an der Angel? »Nein, die Kollegen und Kolleginnen sind meistens auf Montage. Wärmepumpen und Solaranlagen.«

»Dann muss ich mir also keine Sorgen um Sie machen.«

»Möchten Sie sich denn Sorgen machen?«, fragte Sina mit interessiertem Augenaufschlag nach.

»Ich würde mir bereits Sorgen um Sie machen, wenn Sie sich nach unserem Kaffee hier wieder verabschieden.«

»Sorgen, dass ich nicht genug Kaffee trinken würde, wenn Sie nicht dabei sind?«

»Und noch um viele andere Dinge.«

»Dann könnte ich Ihnen eine Sorge nehmen, indem Sie uns noch einen weiteren Kaffee bestellen.«

***

Als sie auseinandergingen, versprach er, sich bei ihr zu melden. Er könne es kaum erwarten, sie wiederzusehen.

Und dann wartete sie.

Wartete drei ganze Tage, dass er sich melden würde.

Drei quälend lange Tage, an denen sie so viele Fehler bei der Arbeit machte, dass ihr Chef sie schon zum Arzt schicken wollte.

Er meldete sich nicht.

Natürlich nicht. Was sollte solch ein prächtiges Exemplar von Mann auch mit ihr, der kleinen Bürotippse, anfangen wollen? Ihr gerade zurückgewonnenes Selbstvertrauen schien bereits wieder zu bröckeln und war auf dem Weg, zu einer zerstörenden Gesteinslawine zu werden.

Dann klingelte doch ihr Handy. Zum Glück gerade in der Mittagspause.

»Hallo, Frau Wachtmann, ich bin es, Luke Bärmann. Es tut mir leid, dass ich mich nicht gemeldet habe. Aber hier war doch mehr los, als ich zunächst absehen konnte. Ich musste retten, was zu retten war. Wenn Chefs manchmal Dinge machen, die von steuerlicher und rechtlicher Seite dann doch anders zu bewerten sind, dann raucht hier schon mal die Hinterlassenschaft.«

Zu gut Deutsch war bei ihm beruflich also die Kacke am Dampfen. Sina musste grinsen. Und sie hatte sich Gedanken gemacht, er würde sie links liegen lassen. Es hatte alles seinen Grund. *Also bleib cool und tu so, als ob du auch beschäftigt wärst.* »Oh, das ist schon in Ordnung. Ich habe auch wahnsinnig viel um die Ohren. Wie Sie sagen, wenn der Chef seinen eigenen Kopf hat …«

»Aber heute Abend hätte ich Zeit, was meinen Sie?«

»Heute Abend … mmh … Da gehe ich normalerweise zum Sport. Aber warum sollte ich es nicht mal ausfallen lassen?«

»Heißt das, ja?«

»Das heißt ja.«

»Wunderbar, und was würden Sie vorschlagen, wo wir uns treffen? Ich habe leider gerade nicht viel Zeit, einen Platz im Restaurant zu reservieren …«

»Aber das macht doch nichts«, fiel sie ihm ins Wort. »Warum treffen wir uns nicht bei mir? Ich koche uns etwas Schönes.« War das zu aufdringlich? Ihn gleich zu ihr nach Hause einzuladen? Immerhin hatte er ohne Zögern zugesagt. *Mist, sie hatte nichts zu kochen im Haus.* Panisch machte sie eine Liste, nach der sie nach der Arbeit noch schnell einkaufen gehen könnte.

Den Rest des Arbeitstages war nicht mehr an konzentrierte Arbeit zu denken. Die Verabredung mit diesem interessanten Mann nahm Sina so in Beschlag, dass sie sich nicht mehr auf etwas fokussieren konnte.

»Ich muss heute leider pünktlich weg, ich hoffe, das ist in Ordnung«, ließ sie noch kurz ihren Chef wissen, dann war sie auch schon aus der Tür. Mit der Einkaufsliste in der Hand füllte sie schnell ihren Korb und eilte nach Hause. Aufräumen, saugen, hier und da etwas putzen, Essen vorbereiten und dann die Frage: *Was ziehe ich an?*

Wie sollte ihrer Meinung nach der Abend verlaufen? Zusammensitzen, ein Tisch zwischen ihnen, unverfängliche Gesprächsthemen? Oder Schulter an Schulter über Eck sitzend und, zufällig seine Beine berührend, auch intimere Gespräche anschneiden? Biedere Kleidung oder doch gern ein wenig sexy? Wie würde er das auffassen? Sie glaubte nicht, dass er auf solche sich herausputzenden Frauen stand. Er schien ein Mann mit Prinzipien zu sein. Sie wollte nicht nuttig rüberkommen.

Am Ende fand sie den für sie annehmbaren Kompromiss. Es würde sich schon fügen. *Vielleicht ein erster Kuss. Vielleicht knutschten sie auf dem Sofa. Sie würde sich auch ins Bett ziehen lassen.* Aber was dachte sie da von ihm? Er war ein anständiger Mann, das hatte sie gleich gespürt, ein Mann, der erst sie als Mensch kennenlernen wollte, bevor er mit ihr schlief. Auch wenn sie Artischocken zubereitet hatte. Vielleicht war ja an dem Gerücht über die aphrodisierende Wirkung etwas dran.

Gespannt erwartete sie sein Kommen.

Hatte sie die Zeit falsch verstanden?

Die Kerze auf dem einladend gedeckten Tisch würde noch herunterbrennen. Sie blies sie aus. Es sollte nicht so aussehen, als ob sie nichts anderes zu tun gehabt hätte, als zu warten.

Sie harrte nägelkauend am Fenster und schaute auf die Straße, ob ein Wagen einbog. Was er wohl für ein Auto fuhr?

Die Euphorie des Nachmittags verflog langsam und es machte sich eine Trauer in ihr breit, die ihr die Wimperntusche verschmierte.

Er kam nicht.

KATRIN

Katrin bereitet sich vor. Wie jeden Mittwoch zieht sie sich ihre dunklen Sachen an. Schwarze Hose, schwarzer Pullover, die dunkle Jacke und dazu eine leichte schwarze Kopfbedeckung.

Sie begibt sich wie jeden Mittwoch und Sonntag auf ihren schweren Gang.

Früher hat sie sich mit Paul, ihrem geliebten Mann, zu Hause am Esstisch unterhalten oder auf dem Sofa gemütlich an ihn kuscheln können. Sie haben kurze Reisen unternommen, in exklusiven Hotels übernachtet, sich dort in entspannter Zweisamkeit vergnügt und morgens ausgelassen beim Frühstück gescherzt.

Ihr fehlen diese gemeinsamen Erlebnisse, die Spaziergänge, die Unterhaltungen, der Sex.

So lange hatte sie auf ihn gewartet. Dann sind sie endlich ein Paar geworden. Nun ist er bereits seit einem Jahr nicht mehr an ihrer Seite.

Ihre Gedanken gehen zurück. Zurück zu ihrem ersten Kuss …

Er sah zu ihr herüber. Alle anderen waren schon auf dem Heimweg. Sie trödelte mal wieder herum. Sie war gern die Letzte. Es hatte für sie eine besondere Stimmung, wenn eine Veranstaltung zu Ende war. Die verlassenen Stühle, der Müll, der unter manchen Stühlen lag: ein nicht zurückgebrachter Trinkbecher, ein aus Versehen aus der Tasche gerutschtes Taschentuch, Bonbonpapiere. Sie konnte sich anhand dieser Hinterlassenschaften vorstellen, wie es den Menschen auf den Stühlen ergangen ist. Der trockene Hals, der ein Bonbon benötigte, das lange Sitzen, das durstig machte, der Schweiß, der sich von der Stirn getupft werden musste. Dann das verwaiste Rednerpult. Wo eben noch der Rektor des Gymnasiums seine Rede zur Verabschiedung gehalten hatte, hing jetzt ein Mikrofonkopf in der Luft und versuchte, mit gerecktem Hals verzweifelt eine neue Aufgabe zu bekommen. Am liebsten wäre sie hinübergegangen und hätte eine Rede in den leeren Raum geschmettert, die die Abiturienten ihres Jahrganges nie vergessen würden.

Aber es waren bislang nicht alle gegangen. Zudem gab es den Hausmeister und Techniker, die die Aufbauten wieder demontierten, um ebenfalls endlich nach Hause zu kommen. Außerdem war sie nicht gut in Reden halten. Wenn sie es gewesen wäre, dann hätte sie vielleicht die Rede für die Schulabgänger zum Besten gegeben. Aber sie hatte sich auch für kein Gremium aufgestellt. Warum sollte dann jemand zu ihr kommen und fragen, ob sie die Abschlussrede halten wollte? Nein, gut war sie immer nur in ihrer Fantasie. Da passierte so allerhand.

Und jetzt schaute dieser Paul zu ihr. Was wollte er? Paul war der Schwarm aller Mädchen. Nicht nur in ihrem Abiturjahrgang, auch von den jüngeren Mädchen wurde er angehimmelt. Ihr schien es, sobald sich ein Mädchen für Jungs interessierte, konnte Paul sicher sein, dass es ein Auge auf ihn werfen würde. Er hatte also reichlich Angebote. Warum blickte er nun zu ihr? Aber warum dachte sie, dass er sich für sie interessieren könnte? Vielleicht hing ihr Blusenkragen schief und sie sah lächerlich aus.

Schnell und unauffällig kontrollierte sie den Sitz ihrer Kleidung. Jetzt kam er auf sie zu. Sie wurde unsicher, versuchte, sich abzuwenden. Er konnte doch unmöglich sie meinen? Nicht, dass sie hässlich wäre, im Gegenteil. Aber sie hatte einfach nicht das, was junge Frauen offenbar haben mussten, damit sich Männer nach ihnen umdrehten oder sogar ein Date mit ihnen wollten.

»Hallo, Katrin, Glückwunsch zum Abitur. Du bist unter den fünf Besten des Jahrgangs. Gratuliere.«

»Danke.« Sie hatte die Auflistung der Besten gar nicht vollständig mitbekommen. Es interessierte sie nicht. Was hatte das für einen Sinn, die Besten extra zu erwähnen? Was machte das mit denen, die nicht so gut waren? Nicht so gut sein konnten, weil sie aus anderen Verhältnissen kamen, in denen die Schule nicht solch einen Stellenwert besaß? Nicht so gut waren, weil sie eben nicht das Schlauhirn waren, aber trotzdem gut genug, um das Abitur zu bestehen? Auch sie würden ihren beruflichen Weg gehen, eine Familie gründen und liebenswerte Steuerzahler großziehen.

»Danke. Ja, ich bin auch stolz, unter den ersten fünf zu sein«, antwortete Paul auf ihre nicht geäußerte Gratulation an ihn und grinste.

O Gott, eines ihrer typischen Fettnäpfchen. Natürlich musste Paul unter den Besten sein. Wahrscheinlich hatte er sogar *das* beste Abitur des Jahrgangs, was dachte sie, das beste Abitur *überhaupt* hingelegt.

»Ich wollte dich fragen, ob du auch auf den Abi-Ball gehst. Und ob du mit mir gehen würdest.«

Sie hätte fast vor Schreck alles aus den Händen rutschen lassen, aber zum Glück hielt sie gerade nichts fest. Paul? Abi-Ball? Mit ihr? »Äh, ja, ich meine, warum nicht, ja.«

»Du hast also noch niemanden, mit dem du gehen willst?«

»Äh, nein. Es ist ja auch kein Muss. Ist ja keine Tanzschule.« Was redete sie denn da? Warum sagte sie nicht, dass sie sich sehr über seine Anfrage freue und selbstverständlich zusage? »Ich freue mich sehr über deine Anfrage und ja, ich sage gerne zu.«

Paul ging mit ihr auf den Abi-Ball! Das war doch mal eine Neuigkeit in ihrem Leben. Auch wenn sie sich über Klatsch und Tratsch keine Gedanken machte, so war sie doch gespannt auf die Gesichter der anderen.

***

Paul holte sie tatsächlich ab. Er fuhr mit einem sportlichen Oldtimer vor, wie man es aus amerikanischen Teenie-Filmen kannte. Er entstieg der Karosse in einem maßgeschneidert sitzenden Anzug, stellte sich in vollendeter Höflichkeit ihren

Eltern vor und geleitete Katrin zum Auto, wo er ihr zuvorkommend die Tür aufhielt.

Der ganze Abend gestaltete sich als vollendet. Paul war aufmerksam, versorgte sie mit Getränken, bat sie zum Tanz, lehnte andere Angebote zum Tanzen ab, und wenn er einmal darauf einging, war er beim nächsten Lied bereits wieder bei ihr.

»Warum machst du das?«, fragte sie ihn nach einem ausgelassenen Tanz auf dem Parkett, der sie dazu zwang, vor der Tür frische Luft zu schnappen.

»Was meinst du?«

»Na ja, das. Du gehst mit mir zum Ball, du kümmerst dich rührend um mich …«

»Tue ich das?« Er setzte sein typisches schelmisches Lächeln auf. Ein Lächeln, mit dem er schon so manche Lehrerin um den Finger gewickelt hatte. Und sicherlich auch andere Mädchen der Schule – und die bestimmt nicht nur um seinen Finger. Eigentlich waren ihr solche Schönlinge zuwider. Aber Paul gebärdete sich so überaus zuvorkommend, dass sie nicht umhinkam, ihn genauer zu betrachten. Aber sie kam nicht weit, denn sein Kopf näherte sich, ihre Lippen berührten einander, seine Arme schlangen sich um sie. Katrin fühlte sich wie in einem Traum. Sie, Katrin, die immer abseits stand, wurde von Paul, dem Schwarm der Schule, geküsst. Ein so warmer, herzvibrierender Kuss, an den sie sich immer wieder gern erinnerte – bis heute.

Er eröffnete ihr, dass er sich bei der Bundeswehr beworben habe. Für ein Jahr wollte er seinen Dienst an der Waffe tun, so wie es sein Vater damals getan hatte, als es noch den verpflichtenden Wehrdienst gab. Nach diesem Jahr würde er Jura studieren, in Mannheim. Ebenfalls wie sein Vater und schon sein Großvater.

Sein Leben schien vorgezeichnet. Hatte sie einen Platz in seinem Leben? Was bedeutete dieser Kuss? Wollte er ihr damit sagen, dass ihre Liebe keine Zukunft hätte? Warum küsste er sie dann so innig? Was erwartete er von ihr? Da sie im elterlichen Betrieb zunächst eine Lehre machen sollte, würde sie hierbleiben. Wurde ihre aufkeimende Liebe schon im Keim erstickt?

Dann war er verschwunden, und sie sah ihn viele Jahre nicht wieder.

Immer wieder musste sie an diesen Kuss denken. Auch wenn sie die eine oder andere Beziehung hatte, Männer küsste, so konnte sie doch diesen ersten gefühlvollen, alles andere in den Schatten stellenden Kuss nicht vergessen. Immer verglich sie diese Küsse mit dem einen Kuss von Paul.

Und wenn sie tatsächlich einmal mit einem Mann schlief, so verglich sie den Sex mit dem Pauls, den sie nie gehabt hatte. Aber in ihrer Fantasie war er so aufregend wie dieser erste Kuss. Und damit waren die Bewerber auch in dieser Disziplin gescheitert.

So blieb es dann bei kurzen Beziehungen. Keiner wollte ihr so recht gefallen. Sich ein Leben mit einem von ihnen vorzustellen, das konnte sie schon gar nicht.

Dann eines Tages, viele Jahre und einen Master in Wirtschaftswissenschaften später, stand Paul plötzlich vor ihrer Tür. Über ihre Eltern hatte er ihre Adresse erfragt. Er wusste, dass sie ungebunden war, und so stand er mit einem großen Strauß Rosen plötzlich da. Sie sah ihn an, brachte kein Wort heraus, guckte, starrte, Tränen liefen ihr übers Gesicht. Und als sie sich endlich aus ihrer Erstarrung löste, schloss er sie in seine Arme und küsste sie. Und dieser Kuss war noch viel schöner, als sie ihren ersten Kuss in Erinnerung hatte. Katrin schmolz dahin und Paul erging es ebenso.

Gern erinnert sie sich zurück an dieses Wiedersehen.

Ohne ein Wort zu verlieren, holten sie alles nach, was sie über die Jahre vermisst hatten. Schon im Hausflur fielen ihre

Kleidungsstücke von ihren Körpern – wie Herbstlaub von den Bäumen. Als sie ihr Schlafzimmer erreichten, waren sie bereits nackt. Sie nahmen Abstand voneinander, betrachteten ihre Körper eingehend. Seine durchtrainierte Gestalt, die breiten Schultern, die Muskeln, die sich überall abzeichneten. Ihre runden Formen, den weichen Schwung ihres Busens, die Taille und die Hüften.

Im nächsten Moment fielen sie übereinander her wie zwei ausgehungerte Pilger, die den Ort ihrer Erlösung endlich gefunden hatten. Leckend und saugend, stöhnend und japsend verschlangen sie einander. Als er in sie eindrang, wähnte sie sich im siebten Himmel. Erst jetzt bekam alles einen Sinn. Das körperliche Verlangen bekam erst durch den geliebten Menschen seine volle Bedeutung. Die Geräusche ihrer körperlichen Sucht wurden ergänzt von den sehnsuchtsvollen Küssen, die den Raum erfüllten, in dem sie so viele einsame, stille Nächte wach gelegen hatte. Bis dieses Grundrauschen ihrer ineinander verknäulten Körper von Schreien übertönt wurde. Sie schrien ihre Orgasmen heraus, als würde die Einsamkeit ihrer bisher unvollkommenen Leben endlich Erlösung gefunden haben.

Erst danach sprachen sie die ersten Worte miteinander. Worte voller Zärtlichkeit, Worte voller Liebe.

Sie heirateten, lebten glücklich zusammen.

Doch dann schlug das Schicksal zu. Paul wurde auf dem Weg zu einem Gerichtstermin von einem Lastkraftwagen tödlich verletzt.

Und nun macht sie sich wieder auf in die parkähnliche Friedhofsanlage gegenüber der Kirche, wo Paul begraben liegt. Sechs Jahre waren sie verheiratet. Zu kurz im Vergleich zu einem ganzen Leben, das sie sich geschworen hatten. Genau ein Jahr ist es her, dass ihre Liebe ein Ende fand. Seitdem ist der Friedhof der Ort ihrer traurigen Zuflucht.

SINA

Zwei Tage. Zwei Tage hatte er sie im Ungewissen gelassen. Zwei Tage, an denen sie sich quälte. Ihr Verstand sagte, dass sie nicht in Trauer versinken sollte. *Geh raus, mach etwas, bleibe entspannt und fröhlich. Was ist er für ein Mann, dass er dich derart hängen lässt!* Aber jetzt rief er an. Und er hatte eine Erklärung. Ein wichtiger Fall in der Firma, der sofortigen juristischen Beistand bedeutete und damit seine Anwesenheit.

»Hören Sie, es tut mir aufrichtig leid, aber es ist mir etwas dazwischengekommen. Ich mache es wieder gut, ich verspreche es.«

Sina wollte ihm gern Glauben schenken, antwortete aber nicht.

»Ich würde Sie zur Entschädigung gern ausführen. In das göttlichste Lokal der Stadt.«

»Sie meinen …?«

»Das *Gourmeteus* im Schlosshotel. Ich hoffe, damit kann ich Sie für die verpatzte Verabredung entschädigen.«

Sie fand die Idee gut, hätte sich aber auch zu Hause auf ihn gefreut. Jetzt führte er sie groß aus, ohne dass sie zeigen konnte, zu welchen Koch- und Dekorationskünsten sie fähig war. Aber die Freude über die Einladung überwog.

Sina wartete aufgeregt wie ein Teenager vor ihrem ersten Date. Er hatte sich gemeldet, er hatte sie eingeladen, er würde sie abholen.

Sie hatte ewig gebraucht, um etwas Passendes aus ihrem Kleiderschrank auszuwählen. Nicht, dass er enorm viel zu bieten hatte, aber es gab genug Kombinationsmöglichkeiten. Praktisch, wie sie war. Anschließend verbrachte sie ewig Zeit vor dem Badezimmerspiegel. Die Haare locker fallen lassen oder zu einem Zopf binden? Dann das Make-up. Sie hatte viel zu viel aufgetragen. Mochte er das? Oder wirkte sie wie eine, die es nötig hatte? Sie wollte keine Signale aussenden, die ihn verschrecken konnten. Er schien ein anständiger Mann zu sein. Vielleicht wollte er es lieber langsam angehen lassen. Sie war leider eine, die schon oft gleich beim ersten Date mit ihrer Verabredung ins Bett gesprungen war. Aber was war dabei herausgekommen? *Nichts. Alles Arschlöcher.*

Sie wollte es diesmal langsam angehen lassen. Sie würden sich bei einem Essen erst einmal kennenlernen. Und dann die Beziehung wachsen lassen. Und dann …

Sie musste sich eingestehen, dass es bei diesem Mann anders lag als bei allen vorherigen. Seine Erscheinung hatte sofort von ihr Besitz ergriffen. Alle ihre Gedanken kreisten nur noch um ihn. Wäre er ein Popstar, sie würde ihm vermutlich ihr Höschen auf die Bühne schmeißen. Was hatte dieser Mann an sich, dass sie derart auf ihn reagierte? Sie kannte sich nicht wieder. Aber es war schön, so erfüllt von Verlangen zu sein. Und dieses Verlangen wollte sie auskosten. Zu früher Sex konnte alles zerstören.

Sie legte das Make-up neu auf, diesmal dezenter, und band die Haare nach hinten. Sie wählte einen nicht zu kurzen Rock und nicht zu hohe Schuhe. Die Bluse konnte sie ja einen Knopf weniger geschlossen halten. Schließlich hatte sie ein ansprechendes Dekolleté. Und etwas wollte sie ihm ruhig zu gucken geben. Vielleicht konnte sie seine Aufmerksamkeit zusätzlich darauf lenken, indem sie eine Halskette mit einem hübschen Anhänger anlegte. Sie fand ein Kettchen mit einem kleinen Herz, das sie zuletzt mit siebzehn getragen hatte. Ewig her. Jetzt war sie siebenundzwanzig. Aber sie fühlte sich wie siebzehn, also warum nicht?

Ihr Telefon klingelte.

»Hallo, ich bin es. Luke Bärmann. Hören Sie, ich bin hier noch festgehalten worden. Könnten Sie sich ein Taxi nehmen?

Ich erstatte Ihnen natürlich die Kosten. Wir treffen uns dann dort im Restaurant. Ich beeile mich.«

So ein viel beschäftigter Mann, dachte sie bewundernd. »Ja, natürlich, bis dann.«

»Es tut mir aufrichtig leid. Ich danke Ihnen für Ihr Verständnis.«

Ein Taxi. Sina fuhr für gewöhnlich mit dem Bus und kürzere Strecken mit dem Fahrrad. Sie musste erst die Nummer der Taxizentrale heraussuchen. Wenn er sie schon nicht selbst abholen konnte, wollte sie doch zumindest sein Angebot annehmen. Es war doch immer noch stilvoller, mit dem Taxi statt mit dem Bus zu ihrem Date zu fahren.

Als das Taxi kam, griff sie ihre Handtasche, prüfte zum wiederholten Male, ob sie ausreichend Geld im Portemonnaie hatte, nahm eine leichte Überjacke vom Haken und trat hinaus auf die Straße.

Der Taxifahrer setzte sie direkt vor dem Eingangsportal des Hotels ab, und sie betrat das Hotelrestaurant *Gourmeteus* mit Herzklopfen. Würde er bereits auf sie warten? Im Lokal konnte sie ihn nicht entdecken. Ein Kellner trat auf sie zu.

»Ich bin verabredet. Mit Herrn Bärmann«, gab sie zögerlich preis.

»Sehr wohl, Herr Bärmann hat einen wunderbaren Tisch reserviert. Er ist bislang nicht eingetroffen. Folgen Sie mir bitte, ich geleite Sie zu Ihrem Tisch.«

Luke Bärmann war hier also bekannt. Ging er hier öfter essen? Womöglich in wechselnder Begleitung? Ihre eifersüchtigen Gedanken schob sie schnell zur Seite. Sicherlich hatte er häufiger Geschäftsessen zu absolvieren.

»Bitte sehr, eine wunderbare Aussicht über das Kanalufer. Darf ich Ihnen einen Aperitif bringen?«

»Ja, gern. Was immer Sie empfehlen.«

»Sehr wohl.« Der Kellner schob ihr noch den Stuhl vom Tisch, dann verschwand er, um die Bestellung auszuführen.

Die Aussicht war wirklich fantastisch. Es war noch früh am Abend. Die Sonne noch nicht untergegangen. Das Ufer des Kanals wurde in das orangerote Licht der sinkenden Sonne getaucht. Ein paar Lastkähne zogen eine Schneise durch das Wasser, die Wellen glitzerten in der Abendsonne.

Sina sah sich im Lokal um. An den Tischen saßen zumeist gut gekleidete Gäste mit Anzügen, Kleidern und Frisuren, die darauf schließen ließen, dass sie alle einer anderen Einkommensklasse angehörten als sie. Sollte sie sich deswegen unwohl fühlen? Warum? Schließlich würde sie gleich in Begleitung eines ebenso gut situierten Mannes sein. Und sie würde sich vollendet zu benehmen wissen.

Der Kellner brachte das Getränk. »Ich habe für Sie einen Gin Tonic gewählt. Die Gurkenscheibe mildert die bittere Note des Getränks. Wohl bekomm's. Herr Bärmann hat sich gerade gemeldet und erkundigte sich, ob Sie bereits eingetroffen wären. Er hat mich angewiesen, Ihnen jeglichen Wunsch zu erfüllen.«

»Oh, das ist nicht nötig. Die Aussicht ist wirklich schön, ich habe etwas zu trinken. Ich warte gern.«

»Sehr wohl, die Dame.«

Sina warf einen Blick auf ihr Smartphone. Hatte er es auch bei ihr versucht? Hatte er eine Nachricht hinterlassen? Nein. Sie genoss noch ein wenig die Aussicht, bekam jedoch bald ein beklemmendes Gefühl. Starrten die anderen Gäste zu ihr herüber? Eine Frau ganz allein an einem der besten Tische? Sie machten sich sicherlich Gedanken über sie. Ein wenig Frust machte sich in ihr breit. Sie hier warten zu lassen, war nicht angenehm für sie. Allerdings hatte er sie nicht versetzt, sondern sich darum gekümmert, dass man sich um sie bemühte. So trat auch jetzt der Kellner wieder an ihren Tisch.

»Ich darf Ihnen einen kleinen Gruß aus der Küche servieren. Ein hungriger Magen wartet nicht gern.« Der Kellner zwinkerte ihr aufmunternd zu. »Herr Bärmann wird bestimmt gleich eintreffen.«

Kurz darauf trat besagter Mann durch die Tür. Ihr war so, als würde kurz die Zeit stoppen. Eine kurze Zeitspanne, in der das Bild vor ihren Augen stehen blieb und sie alles genau betrachten konnte. Diesen hochgewachsenen dunkelhaarigen Mann, der eine Ausstrahlung besaß, die quer durch den Raum bis zu ihr wirkte, denn ein paar Gäste, vornehmlich weibliche, prüften seine Erscheinung aus den Augenwinkeln oder drehten unverhohlen den Kopf zu ihm. Er trug einen dunklen Nadelstreifenanzug mit einer hell gestreiften Krawatte. Eindeutig seine Dienstkleidung. Aber der Anzug ließ ihn nicht steif oder zu seriös wirken. Er sah darin eher lässig aus. Vielleicht lag es daran, wie selbstverständlich er diesen Anzug trug.

»Guten Abend, Frau Wachtmann, es tut mir aufrichtig leid, dass ich Sie nicht abholen konnte und Sie obendrein auch noch warten ließ. Hat man sich gut um Sie gekümmert?«

»Bestens, Herr Bärmann. Ich bin bereits mit allem versorgt.«

»Na, wenn Sie *davon* satt werden?« Sie lachten zusammen über seinen Scherz, über den Gruß aus der Küche. Das Eis schien gebrochen.

»Aber wollen wir nicht Du sagen? Schließlich ist das hier kein Arbeitsmeeting oder Vorstellungsgespräch. Sondern, wie ich es nennen möchte, ein zwangloses Kennenlernen zweier einander zugeneigter Personen, die, so will ich gern annehmen, nicht nur eine bloße Freundschaft in Aussicht haben.«

Wie dieser Mann mit Worten umgehen kann, dachte Sina. *Einander zugeneigte Personen, die nicht nur eine Freundschaft in Aussicht haben.* Dachte er also auch weiter? Ihr Herz machte

21

einen Hüpfer, boten seine Worte doch einen klaren Blick in die Zukunft.

»Ja, selbstverständlich. Ich heiße Sina.«

Luke nahm ihre Hand und deutete einen Handkuss an. »Für gewöhnlich nimmt man sich in den Arm und küsst sich auf die Wange. Aber wir haben dafür nicht die passenden Getränke. Das holen wir später nach. Dann haben wir schon etwas, auf das wir uns freuen können.« Dabei sah er sie mit durchdringendem Blick an.

Dieser Blick fesselte sie. Ließ sie erzittern und hoffentlich nicht erröten. Sollte er doch ihre Schwärmerei nicht auf dem Tablett serviert bekommen.

Der Kellner kam und nahm die Bestellung auf. Die Speisen, die Getränke, alles erschien Sina nebensächlich. Hauptsache, mit diesem Mann an einem Tisch sitzen, ihn sehen, ihn hören, ihn riechen und schmecken. Denn sie holten alsbald den Verbrüderungskuss nach. Sie kamen sich nahe, sie roch seine Haut, seine Haare, und beim Kuss auf die Wange meinte sie, ihn zu schmecken. Es war alles so perfekt, dass ihre Hormone verrücktspielten. Dieser und sonst keiner, schienen sie ihr mitteilen zu wollen.

Zu alldem erwies er sich als außerordentlich charmanter Gesprächspartner. Jurist in einer großen Wirtschaftsfirma sei er. Sina stellte sich ihn eher als Rechtsanwalt vor. So wie er sich gab, würde er als Verteidiger eines Mörders jeden Richter überzeugen können, dass sein Mandant nur aus Nächstenliebe gehandelt hätte.

KATRIN

An einem Mittwoch ist der Friedhof nur mäßig frequentiert. Nicht jeder hat unter der Woche Zeit, seine Verwandten dort zu besuchen. Doch heute fällt ihr schon von Weitem ein Auto auf, das sie hier noch nie gesehen hat. Das farbenfrohe Blau des Kombis will so gar nicht zu ihrer Stimmung passen. Fast schon reagiert ihr Körper mit Wut. Wie kann man so ein Freude ausstrahlendes Auto vor einem Friedhofseingang parken?

Beim Näherkommen entdeckt sie auch noch lustige Aufkleber auf der Scheibe. Und am Heck ein Schild mit der Aufschrift »Baby on Board« und dazu die Abdrücke zweier Kinderfüßchen. Sicherlich besucht hier eine Familie das Grab der Großeltern. Sollen sie nur. Aber Katrin fühlt sich gestört. Sie will allein sein mit ihrem Mann. Keine quäkenden Kinder hören, die sie im Zwiegespräch mit ihrem geliebten Ehemann stören könnten. Missmutig verstimmt macht sie sich auf den Weg.

Es ist still. Nur das Schnarren der Krähen ist zu hören. Wo ist diese Familie? Die Abwesenheit von Kinderlärm macht sie nun wiederum unruhig. »Was willst du eigentlich?«, schalt sie sich selbst. »Willst du in Trauer zergehen oder das Leben in Form von Kinderstimmen vernehmen?« Schließlich hat sie die Abwesenheit lachender Kinder oft vermisst. Kinder waren ihnen nicht beschieden. Als ob eine höhere Macht bestimmt hätte, sie sollen mit sich zufrieden sein, nun, da sie sich endlich gefunden hätten. Einerseits war es traurig, dass ihr geliebter Paul komplett aus ihrem Leben verschwunden war. Wie gern hätte sie in das Antlitz eines gemeinsamen Kindes geblickt und ihren Mann in den Gesichtszügen eines Kindes wiedererkannt. Andererseits muss unter diesen Gegebenheiten nur sie den Verlust verkraften. Wie es ist, in jungen Kinderjahren den Vater zu verlieren, möchte sie sich gar nicht ausmalen.

Als sie sich dem richtigen Grab nähert, erspäht sie eine einsame Gestalt in der Nähe ihres Ziels. Sie erinnert sich: Zwei Grabstellen weiter gibt es seit geraumer Zeit ein neues Grab. Ein Holzkreuz wartet darauf, von einem Grabstein mit Inschrift abgelöst zu werden. Sie hat sich nie dafür interessiert, war nur auf ihren eigenen Verlust fixiert. Aber es gibt natürlich auch andere Menschen, die trauern. Geht es ihnen genauso wie ihr? Fühlen sie auch diese Leere in sich? Komisch, dass es ein Jahr benötigt, um sich für diese Gedanken zu öffnen. Nein, sie ist mit ihrem Schicksal nicht allein auf dieser Welt.

Und so steht nun dieser Mann an diesem Grab. Mit gesenktem Kopf ist er in seine Gedanken vertieft. Katrin wartet rücksichtsvoll an der Wegbiegung, will diesen Mann nicht in seiner Trauer stören. Sie weiß ja, wie es sich anfühlt, kann sich in ihn hineinversetzen.

Er scheint ähnlichen Alters zu sein, Anfang bis Mitte dreißig. Schlanke Gestalt, dunkelblonde Haare, normal gekleidet. Normal heißt: legere Jacke, Jeans, Sportschuhe. Wie kann man nur in diesem Aufzug an das Grab eines Verstorbenen gehen? Sollte sich nicht die Trauer auch in der Kleidung zeigen? Wie kann man ehrlich trauern, wenn man nicht alles darauf ausrichtet? Dann fällt ihr das Auto wieder ein. *Natürlich. Ein Mensch, der mit einem bunten Auto vorfährt, macht sich wahrscheinlich auch keine Gedanken über seine Kleidung.*

Der Mann dreht sich plötzlich um. Katrin versteckt sich hinter einem Busch. Sie erkennt ein gütiges Gesicht. Sie macht sich sofort wieder Vorwürfe. *Wie kannst du diesen Mann verurteilen? Ist es nicht egal, wie man trauert? Er kann doch anziehen, was er will. Ist es vielleicht nur meine tradierte Vorstellung, der ich mich selbst unterwerfe? Und überhaupt, ist das Trauerjahr vorbei. Nimm dir ein Beispiel an diesem Mann. Das Leben muss irgendwie weitergehen.*

Der Mann atmet tief durch und geht den Weg in die andere Richtung davon. Katrin kommt hinter ihrem Busch hervor und blickt ihm nach. Sein Gang löst etwas in ihr aus. Etwas, das sie schon lange nicht mehr gespürt hat. Nur was war das?

Ja, Interesse. Einfach Interesse. Interesse an diesem Mann

und seinem Schicksal.

Sie schleicht sich zu dem neuen Grab. Warum schleicht sie? Ist er nicht schon außer Sichtweite? Auf dem Holzkreuz steht ein Frauenname. Und die Lebensdaten: 1995–2024. Erschrocken kommt ihr die Erkenntnis: Dieser Mann besucht nicht das Grab der Großeltern, sondern die Ruhestätte seiner Ehefrau. Sogleich macht sie sich noch mehr Vorwürfe. *Was hast du nur so vorschnell geurteilt? Er hat keine Kinder dabei und es sind auch nicht die Großeltern. Der arme Mann hat seine Frau verloren. Womöglich fühlt er den gleichen Schmerz wie ich.*

Am Grab ihres Ehemanns berichtet sie ihm von ihrer törichten Art. »Mein lieber Paul. Wie kann ich nur so egoistisch sein! Meine eigene Trauer stelle ich derart heraus, dass ich das Leid anderer nicht mehr erkenne. Was bin ich nur für ein Mensch? Aber was kann ich machen? Du fehlst mir.«

Als ob Paul ihr einen Wink gegeben hätte, verlässt sie den Friedhof ebenfalls nicht auf dem direkten Weg zum Auto, sondern geht den Weg in entgegengesetzter Richtung. Auf dieser Seite des Friedhofs gibt es ein kleines Kaffeerestaurant, in dem sie aber noch nie gewesen ist. Warum sollte sie auch? Sie wollte mit ihrer Trauer allein sein und nicht mit anderen Menschen irgendwo sitzen, die alle ihre eigene Trauer zu bewältigen hatten. Und sie wollte sich auf keinen Fall die Geschichten anderer Leute anhören. Nein, nur das nicht.

Im Vorbeigehen bemerkt sie an einem der Tische sitzend den Mann von vorhin. Ihre Schritte werden langsamer. Verstohlen blickt sie durch die Scheiben des Cafés. Vor sich hat er eine Tasse Kaffee und einen Kuchenteller mit einem Stück Kirschtorte.

Sie hat es auch versucht. In einem Café zu sitzen und einen Kuchen zu essen. Aber der Geschmack und die Konsistenz der gebackenen Äpfel lösten plötzlich Ekel in ihr aus. Dazu noch der Geruch von Zimt. Erinnerungen an Weihnachten wurden wach. Schöne Erinnerungen. Und daher umso schmerzhafter. Sie hat fluchtartig das Lokal verlassen. Krümmte sich in einer Straßeneinfahrt. Aber sie schaffte es nicht, sich zu übergeben. Trauer und Kuchen vertrugen sich bei ihr offenbar nicht.

Sieht so Trauer aus? Sich den Magen vollschlagen mit Kaffee und Kuchen? Ich könnte keinen Bissen herunterbekommen. Wieder musste sie sich korrigieren. *Wenn das auch meine Art zu trauern ist, so kannst du doch nicht alle verurteilen, die anders trauern. Was bist du nur für ein Mensch?*

SINA

Schon bei Tisch konnten sie nicht voneinander lassen. Sie schoben sich gegenseitig ihre Gabeln in den Mund, berührten immer wieder ihre Hände und tauschten verliebte Blicke aus. Selbst unter dem Tisch blieb es nicht ruhig. Füße berührten sich und Lukes Hand wanderte das eine oder andere Mal ihre Schenkel hinauf.

»Hör zu, ich habe dir einen romantischen Abend versprochen. Und dieses Hotel hat eine wunderbare Suite im fünften Stock.«

»Und da schmeißen wir jetzt die Gäste raus?«

»Nein. Ich habe sie für uns reserviert.«

Sina zögerte. Ging das nicht alles zu schnell? War er nicht die anständige Sorte Mann? Schließlich haben sie sich erst jetzt das erste Mal richtig unterhalten. Andererseits war ihr klar, dass sie sich nach diesem Mann sehnte. Und wie lange hatte sie schon keine Intimitäten mehr gespürt? Und war sie es nicht, die sich dazu zwang, nicht sofort intim zu werden?

»Dir geht das alles ein wenig zu schnell? Ich verstehe das. Ich weiß auch nicht, was in mich gefahren ist. Ich dachte, ich frage einfach mal nach, und siehe da, die Suite war frei.

Ich werde auch nichts tun, was du nicht willst. Wir können auch auf dem Sofa sitzen und Wein trinken. Dann sehen wir weiter.«

Er bedrängte sie nicht, hielt alles in der Schwebe. Aber sie wollte. Und wie sie wollte. Also antwortete sie: »Gern. Ich freue mich.« Sie zog seinen Kopf zu sich heran, um ihn zu küssen.

»Du kannst es also nicht abwarten.«

»Deine Hände doch auch nicht.« Denn Lukes Hände hatten bereits wieder Kontakt mit ihren Schenkeln aufgenommen.

Im Fahrstuhl überschüttete sie Luke mit zärtlichen Küssen. Seine Hände umschlossen tastend ihren Po. Sina fühlte sich sicher in seinen Armen. Das war ihr Luke, wie sie ihn sich ausgemalt hatte. Einfühlsam, liebevoll und zärtlich. Nach diesem Vorspiel im Fahrstuhl freute sie sich auf die Suite und was darin folgen sollte.

Luke zeigte sich als vollendeter Gentleman. Bevor sie den Fahrstuhl verließen, prüfte er, ob im Gang keine Überraschung wartete, geleitete sie sicher zur Tür der Suite, öffnete mit einer Karte und ließ ihr den Vortritt. Sina war überwältigt von der Größe und der luxuriösen Ausstattung. Ein großer Strauß gelber Rosen stand auf einem mit Furnierornamenten versehenen Couchtisch, um den sich drei Stühle im Empirestil gruppierten. Sie fragte sich, warum es drei waren, als ihr Blick bereits die weiteren Details der Suite abtastete. Der weiche, helle Stoff der Gardinen, die die großen Fenster einrahmten. Sie streifte ihre Schuhe ab, denn der Kontakt zum samtenen Teppich musste einfach mit bloßen Füßen erfolgen. Und dann das Bett. Das Zimmer teilte sich in einen Wohnbereich und einen Schlafbereich, der zwei Stufen höher lag. So stand das Bett auf einer Art Podest und thronte über den anderen Möbeln. Wie erhaben musste man sich fühlen, wenn man darin lag. Nach links schien es ins Bad zu gehen.

»Ich werde mich kurz frisch machen.« Sie lächelte Luke an und verschwand darin.

Nachdem sie sich erleichtert hatte, stand sie vor dem Waschbecken und blickte in den großen Spiegel darüber. Ihr Gesicht wurde in ein gleichmäßiges warmes Licht getaucht, das ihre Haut makellos erscheinen ließ. Das gab ihr die Zuversicht, auf Luke attraktiv zu wirken. Sie besserte ein wenig ihr dezent aufgetragenes Make-up auf und strich ihre Haare zurecht. Sie füllte eines der bereitstehenden Zahnputzgläser mit Wasser und spülte damit ihren Mund, beugte sich anschließend über das Becken und spuckte es in den Abfluss. Als sie hochkam, bemerkte sie Lukes breite Schultern, die sich hinter ihr abzeichneten. Er hatte kein Hemd mehr an. Die Schultermuskulatur trat deutlich hervor. Über ihrem Kopf beobachteten sie zwei dunkle Augen. Luke war fast einen Kopf größer, so konnte er bequem über sie hinwegsehen. Seine Hände legten sich auf ihre Schultern. Die Berührung löste besondere Empfindungen in ihr aus. Anders als im Fahrstuhl war jetzt eindeutig klar, wohin diese körperliche Nähe führen würde. Sie würden Sex haben. Und wie es sich bisher entwickelte, würden sie einvernehmlichen Sex haben.

Sina wurde unruhig. Jetzt wurde ihr richtig klar, was anstand. Ihr Körper signalisierte ihr, dass sie Luke viel mehr begehrte, als sie sich eingestehen wollte. Aber sie machte sich Gedanken, ob sie ihm genügen würde. Sie hatte zu Sex immer eine zwiegespaltene Beziehung gehabt. Einerseits fühlte sie sich unerfahren und unsicher. In solchen Situationen rutschten die Männer meistens nur über sie rüber, rein-raus, das wars dann. Auf der anderen Seite wusste sie, dass sie auch der verführerische Vamp sein konnte. Dann erkannte sie genau, wie sie jeden Mann rumkriegen konnte. In diesem Fall übernahm sie die Führung. Wie sie sich verhalten würde, konnte sie nicht mal erahnen. Es passierte einfach.

Ein Schauer lief ihr über den Rücken, als er seinen Kopf in ihren Nacken senkte und ihren Hals küsste. Mit Lippen und Zunge erzeugte er ein vibrierendes Kribbeln auf der Haut, das sich bis in untere Körperregionen hindurchbewegte. Eine seiner Hände glitt vorn hinunter und umfasste ihre Brust. Die andere rutschte tiefer, raffte ihren Rock und legte sich um ihren Po. Alles ganz zärtlich, behutsam, nicht drängend.

Sina schmolz unter seinen Händen dahin. Mit weichen Knien wünschte sie, er würde schneller machen, ihr die Kleider vom Leibe reißen und sie hier im Bad nehmen. Stattdessen flüsterte er ihr Zärtlichkeiten ins Ohr und begann betont langsam, ihr die Bluse aufzuknöpfen. Danach zog er noch langsamer den Reißverschluss ihres Rockes auf, bis dieser an ihren Beinen herab zu Boden glitt.

Nur in BH und Slip gekleidet, bildete der Spiegel sie ab. Sina bewertete ihr Spiegelbild genauso, wie es die dunklen Augen über ihr taten. Was würde Luke denken? Empfand er sie als schön? Oder sah er auch die Makel, die sie an sich fand. Wölbte sich ihr Bauch zu sehr? Die Schenkel könnten etwas schlanker sein. Wie würde er ihren Busen bewerten?

»Ich sehe eine bezaubernde Frau mit einem wunderschönen Körper.«

Er schien ihre Gedanken zu erraten. Was nicht schwer war, denn alle Frauen setzen sich kritisch mit ihrem Körper auseinander. Zu kritisch, wie sie fand, konnte sich jedoch ebenfalls nicht davon freimachen.

Luke öffnete ihren BH und streifte die Träger von ihren Schultern. Gemeinsam beobachteten sie gespannt, wie ihr Busen freigelegt wurde. Der BH hatte nicht viel zu tun, waren ihre Brüste doch von Natur aus fest und hingen kaum. Aber der Stoff schützte ihre Brustwarzen vor unangenehmer Reibung. Außerdem hatten ihre Warzen die für sie unangenehme Gewohnheit, bei der leisesten Erregung zu erigieren und sich steif durch den Blusenstoff zu drücken. Jetzt allerdings war es ihr recht. Luke durfte sie sehen. Und es erfüllte sie mit Freude, wie er sie anstarrte, dann mit den Fingern berührte und an ihnen leicht zog und kniff. Jetzt umfasste er ihre Brüste mit seinen Händen, untersuchte knetend ihre Konsistenz, wog ihr Gewicht, hob sie an, ließ sie unter seinen Händen hinabgleiten und sah dabei zu, wie sie den Fall erzitternd abfederten. Er beugte sich seitlich um sie herum und liebkoste eine Brust mit Lippen und Zunge. Stromstößen gleich schoss es von der Warze ausgehend durch ihren Körper direkt zwischen ihre Beine. Was machte dieser Mann mit ihr? Warum hatte er solche Macht über ihren Körper? Sie sehnte sich mit allem, was sie ausmachte, nach ihm.

Seine andere Hand glitt ihren Rücken hinunter, wanderte unter ihren Slip und umfasste ihren Po. Die Hand wanderte weiter, bis ein Finger sich zwischen ihre Beine schob und ihre Schamlippen berührte. Sina zuckte erregt zusammen und erglühte vollends, als seine andere Hand sich vorn in ihr Höschen schob. Mehrere Finger umspielten ihre Schamlippen und triezten ihre Klitoris. Dazu knabberte er mittlerweile mit seinen Zähnen zärtlich an ihrer Brustwarze. Sie stöhnte geil auf, wusste nicht, wie lange sie diese Prozedur ertragen konnte. Am liebsten wollte sie ihn anschreien: »Nimm mich endlich, fick mich!«, wartete gleichzeitig jedoch mit gebanntem Interesse, was ihm noch alles einfallen würde.

»Zieh den Slip aus und geh unter die Dusche«, befahl er ihr eher, als dass er es empfahl.

Sina folgte seiner Aufforderung ohne Zögern. Sie streifte ihren Slip ab und verschwand hinter der gläsernen Duschwand. Sie drehte das Wasser auf und ließ den Duschkopf über ihren

Körper wandern. Luke stand außerhalb der Tür und sah sie an. Sina fühlte sich auf einmal unbehaglich. Luke hatte immer noch seine Hose an, worauf wartete er? Warum sah er sie so an? Jetzt öffnete er seine Hose, ließ sie fallen und trat aus den Hosenbeinen heraus. Sein Glied war halb erigiert, zeigte aber bereits eine beachtliche Größe und schickte sich an, noch weiter zu wachsen. Sina schoss es bei diesem Anblick feucht zwischen die Beine. Unwillkürlich richtete sie den warmen Strahl des Wassers zwischen ihre Beine. Luke umfasste seinen Schwanz und strich hoch und runter, was ihm offenbar half, seine volle Größe und Härte zu erlangen.

Er geilt sich an mir auf, bemerkte Sina. *Er findet meinen Körper schön und erregend.* Diese Erkenntnis ließ sie ihre Zurückhaltung vergessen und sie begann, ihre Hüften kreisen zu lassen, bis sich schließlich ihr ganzer Körper in einem verführerischen Tanz bewegte. Der Duschkopf verwandelte sich dabei stellvertretend in das Objekt ihrer Begierde.

Luke stand vor der Duschkabine, sah ihrem Treiben interessiert zu und wichste ungeniert seinen Ständer.

»Willst du mir nicht den Rücken waschen?« Sina hatte die Tür einen Spaltbreit geöffnet und ihn auffordernd angeblickt. Luke folgte ihrer Bitte und trat in die Duschkabine. Die Enge, die dadurch entstand, empfand Sina durchaus nicht als beklemmend. Sie spritzte Luke etwas Duschgel in die Hände und wartete darauf, dass er seine Hände um sie legte und bitte ja nicht nur den Rücken einseifte. Luke begann so zurückhaltend, als hätte er noch nie so etwas Kostbares wie eine nackte Frau angefasst. Sina fand das irgendwie süß.

Zärtlich glitten seine Hände über ihren Rücken, erweiterten langsam ihren Radius auf Hüften und Po, bis Sina seine Hände um sich zog und nun seine Finger über Brust, Bauch und Scham wandern sah. Sie selbst griff hinter sich und packte seinen harten Schwanz, der erregt zuckte, als sie ihn umfasste. Jetzt konnte sie ihn ausgiebig erforschen. Auch sie nahm etwas Seife in die Hände und massierte damit sein zuckendes Glied und seinen Hodensack. Hinter sich hörte sie sein zufriedenes Schnaufen.

Er fasste fester an ihre Brust oder drang tiefer mit seinen Fingern in sie ein. Ein Spiel, das sie versuchte, genauer zu ergründen. Drückte sie sanft einen Hoden oder legte sie ihre Finger ringförmig fest um seinen Schaft, knapp unterhalb seiner Eichel, dann zuckte es durch seinen gesamten Körper.

Bei allem blieb Luke zärtlich mit ihr. Sie hatte volles Vertrauen in diesen Mann. Sie hatte das Verlangen, ihm eine perfekte Partnerin zu sein. Sie drehte sich zu ihm und ging vor ihm mit gespreizten Knien in die Hocke. Sie umfasste seinen Schwanz und hielt ihn hoch, soweit er diese Hilfe überhaupt nötig hatte. Dann näherten sich ihre Lippen seinen Juwelen, von denen sie zunächst eines in den Mund saugte und mit der Zunge zart daran herumdrückte. Sie spähte dabei zu ihm nach oben und stellte zu ihrer Zufriedenheit fest, dass er ihre Behandlung genoss. Animiert von seiner Reaktion lutschte sie noch intensiver und probierte es sogar mit beiden Hoden.

Sina streckte ihren Oberkörper lang nach oben, als Lukes Hand ihre Brust suchte, um sie zu kneten. All die Dinge, von denen sie wusste, wollte sie für Luke probieren. Sie führte sein steifes Glied in ihre Richtung, tastete sich küssend vor, bis sie seine Eichel in den Mund nahm. Zart nur, als könnte sie etwas beschädigen. Schließlich spannte sie ihre Lippen um die Stelle, die sie vorher bereits mit ihren Fingern ausgetestet hatte.

Als Luke sein Becken leicht vor- und zurückschwingen ließ, bemerkte sie erregt, dass seine Pracht dabei tiefer in ihren Mund drang. Diese Technik mochte sie aus unbekannten Gründen nicht so gern, aber Luke sollte wissen, dass sie kein frigides

Mauerblümchen war. Er sollte alles von ihr bekommen, was eine Frau einem Mann geben konnte. Sie würde sich schon daran gewöhnen. Hauptsache, er blieb bei ihr.

Plötzlich wurde sie von Luke hochgezogen. Er fasste ihr unter den Po und hob sie an. Unsicher klammerte sie sich um seinen Hals und schlang die Beine um seine Hüften. Und genau da wollte Luke sie offenbar haben. Sein Schwanz drängte in ihre Spalte und sie nahm ihn glücklich auf. Er war scharf auf sie, er wollte sie, er liebte sie.

Luke hob und senkte mit festem Griff ihren Po. Dabei behielt er trotz enger, nasser Duschzelle geschickt die Balance. Und Sina fühlte sich sicher in seinen Händen, ließ sich ganz auf ihre Gefühle ein. Gefühle, die Lukes Hammer in ihr entfachten, aber auch Gefühle, die ihr Herz und ihre Seele offenbarten. Sie schwebte, fühlte sich schwerelos vor Glück. Sie flog höher und höher, bis die dünne Luft ihr den Atem nahm und das Blut in den Ohren rauschen ließ. Ihr Orgasmus kam so heftig, dass er sie beide fast aus dem sicheren Gleichgewicht brachte. Luke setzte sie sanft ab. Sina zitterten die Knie, sie ging in die Hocke. Der Orgasmus hatte ihren Kreislauf durcheinandergebracht.

Luke stand vor ihr, sein noch unbefriedigtes Glied thronte steif vor ihrem Gesicht. Provozierend.

Sollte sie es wagen? Etwas sträubte sich in ihr. Aber wenn sie ihm in jeder Hinsicht gefallen sollte, dann musste sie es tun. Sie nahm seinen Schwanz wieder in den Mund und diesmal war sie es, die dafür sorgte, dass sich ihre Lippen an seinem Schaft hinauf- und hinunterbewegten; die dafür sorgte, dass seine Eichel bis an ihren Rachen stieß; die dafür sorgen würde, dass er einen höchst befriedigenden Höhepunkt erleben durfte. Bald übernahm Luke die Bewegung, fasste in ihr Haar, sodass sie nicht wegkonnte. Es war ihr unangenehm, aber es zeigte doch, dass es ihm kurz bevorstand. Er hatte sie doch auch ausdauernd getragen, bis sie explodiert war. Sie musste das jetzt durchstehen. Entjungfert zu werden, war auch nicht nur schön, rief sie sich ins Gedächtnis. Aber danach machte Sex Spaß. Sie würde auch lernen, sein Sperma zu schlucken.

Luke bewegte sich heftiger, sie machte sich auf alles bereit. Aber was dann kam, ließ sie würgen. Sein Saft spritzte so unvermittelt aus ihm heraus, dass sie etwas respirierte, davon einatmete. Sie hustete, hatte Mühe, nicht vor seinen Füßen zu erbrechen. Der warme, klebrige Schleim hing ihr im Hals, wollte weder raus noch ihren Hals hinunter. Sie konnte es nicht schlucken, ekelte sich, würgte erneut, bis ihr schwarz vor Augen wurde.

KATRIN

Abends wälzt sie sich unruhig hin und her. Der Mann vom Friedhof geht ihr nicht aus dem Kopf. Sie fühlt sich schuldig, weil sie ihn unentwegt verurteilt hat. Gleichzeitig macht sich wieder dieses Gefühl in ihr breit: Interesse. Was interessiert sie bloß an diesem Mann? Er ist ganz anders als Paul. Paul war immer elegant angezogen, legte erstklassiges Benehmen an den Tag, wusste sich in der besten Gesellschaft zu bewegen. Dann seine militärische Strenge gegen sich selbst. Schon vor der Arbeit joggen gehen, ein festes Frühstücksritual, zweimal die Woche Krafttraining und, ja, zweimal die Woche Sex. Dieser Gedanke trifft sie wie ein Schlag. Der wunderbare Sex mit Paul. Aber eben auch nach einem festgelegten Schema. Einmal entspannt am Wochenende und dann einmal in der Woche, meistens, wenn er mittwochs vom Krafttraining kam. Ja, sie mochte seine Muskeln, die durch den Sport besonders hervortraten. Es geilte sie auf, wenn er im Liegestütz über ihr schwebte, die Schulter-, Arm- und Brustmuskulatur im Licht der Nachttischlampe ihre Konturen offenbarten; wenn er in dieser Stellung seinen Schwanz über ihre Scham rieb, bis er endlich in sie eindrang, hart und tief ... Aber warum ging es immer nach seinem Plan? Hatte sie auch Wünsche zwischendurch? Und warum kommt ihr das jetzt gerade in den Sinn? Jetzt, nach sechs Jahren Ehe und ein Jahr nach seinem Tod? Es hat sie offenbar nie gestört, warum jetzt?

Vielleicht, weil sie sich für diesen Mann auf dem Friedhof interessiert? Dieser Mann, der offenbar so anders ist, so unkonventionell. Und er war allein dort. So wie sie. Sogleich geht sie wieder mit sich ins Gericht: »Der Mann hat erst in jüngster Vergangenheit seine Frau verloren. Er muss trauern, so wie du. Lass ihn in Ruhe!« Manchmal hilft es ihr, laut auszusprechen, was sie sich vornehmen oder verbieten will. Wenn man keinen Partner mehr hat, der einem mit Rat zur Seite stehen kann, dann übernimmt man diesen Part eben selbst. Warum sie dabei nicht immer freundlich mit sich umgeht, hat sie bislang nicht weiter analysiert. Aber es scheint zu funktionieren, um ihren Alltag zu bewältigen. Mehr noch als früher hat sie sich einem strengen Zeitplan unterworfen. Der Wecker klingelt immer zur selben Zeit. Im Betrieb ihrer Eltern erscheint sie immer pünktlich und erledigt fehlerfrei ihre Arbeit im Büro. Zur festgelegten Zeit Mittag essen, dann weiterarbeiten. Pünktlich in den Feierabend, einkaufen, nach Hause gehen, kochen, ein einsames Essen zu sich nehmen, vor dem Fernsehen sitzen, früh ins Bett. Einladungen ihrer Eltern schlägt sie meist aus. Es reicht, wenn man sich tagsüber im Büro begegnet. Freunde, die es gut mit ihr meinen, hat sie oft genug verprellt. Ihrer Meinung nach versteht ohnehin keiner ihre Sorgen und sie will andere auch nicht damit belasten.

Jetzt sitzt sie am Abendbrottisch und stellt sich vor, er säße ihr gegenüber, unterhielte sich mit ihr, scherzte mit ihr. Erschrocken steht sie auf, wischt sich mit den Händen über das

Gesicht und zweifelt an ihrem Verstand. Paul ist erst ein Jahr tot und sie denkt an einen anderen Mann. Und der befindet sich bereits in ihrer Wohnung, am Esstisch. Das fühlt sich nach Verrat an. Sie widersteht dem Drang, sich an den Alkoholvorräten ihres Mannes zu bedienen, dreht stattdessen die Musik laut und tanzt sich in Trance. Danach geht sie auf direktem Weg ins Bett und weint das Kopfkissen nass.

Wenn Trauer etwas Befreiendes nachgesagt wird, dann ist es die Tatsache, dass sie Paul ein Stückchen weiter aus ihrem Leben schiebt. Denn sie tadelt sich nicht, als sie sich vornimmt, morgen wieder am Friedhof vorbeizusehen. Es ist ein anderer Tag, unwahrscheinlich, dass er genau heute wieder auftauchen würde, aber vielleicht gibt es feste Tage, an denen er kommt. So wie bei ihr der Mittwoch und der Sonntag. Gestern muss es eine Ausnahme gewesen sein. Zu dieser Zeit hatte sie ihn noch nie gesehen.

***

Sie wartet.

Sie wartet vergebens.

Er kommt heute nicht. Und auch den anderen Tag nicht. Was wäre, wenn sein Ritual sich doch auf den Mittwoch konzentrierte, er aber normalerweise zu einer anderen Zeit käme? Nicht am Nachmittag, sondern schon morgens oder in der Mittagspause. Dann kann sie doch nicht jede Stunde des Tages und der Woche um den Friedhof schleichen.

Missmutig verbringt sie die Tage mit erfolglosem Warten. Tage, an denen er immer mehr von ihrem Leben in Besitz nimmt. Bald sitzt er nicht nur mit am Esstisch, sondern schleicht sich bereits in ihr Bett. Nur dort wissen ihre Träumereien nicht weiter. Sie hat seinen Körper bisher nicht gesehen, weiß nicht, wie er küsst, geschweige denn, wie er eine Frau im Bett behandelt. Und damit bricht ihre Fantasie ab. Doch sie findet trotzdem nicht in den Schlaf.

Am Sonntag kommt er auch nicht. Zumindest nicht zu ihrer gewohnten Besuchszeit. Sie fragt sich derweil, warum sie eigentlich immer sonntags und mittwochs ans Grab geht. Liegt es daran, dass Paul an diesen Tagen seinen Sex mit ihr einforderte? *Einforderte?* »Was denkst du denn da? Es war immer schön und du wolltest es doch auch!« Wieder ihre eigene Stimme, die sie zurechtweist.

***

Die Woche fängt wieder von vorn an und ihr Warten setzt sich fort. Erst am Mittwoch, als sie schon mit einem merkwürdigen Kribbeln in der Magengegend ihren ritualisierten Weg zum Friedhof antritt, geschieht das Ersehnte: Sein Auto parkt dort. Das farbenfrohe Blau der Lackierung weckt nunmehr andere Emotionen in ihr als die Wut darüber, die sie noch vor einer Woche verspürte. Diesmal ist es dieses Kribbeln im Bauch, das sich zu einer elektrisierenden Spannung steigert, als sie feststellt, dass er wieder da ist.

Aufgeregt geht sie zügigen Schrittes in Richtung der betreffenden Gräber. Sie erschrickt, als sie in sich ein beklemmendes Gefühl wahrnimmt. Schließlich besucht sie das Grab *ihres* Mannes. Und jetzt kreisen ihre Gedanken mehr und mehr um diesen anderen Mann.

Dort steht er, mit dem Rücken zu ihr. Sie traut sich nicht weiter. Ihr Unterbewusstsein meldet, dass sie ihn bei seiner Trauer nicht stören will. Ihr Bewusstsein weiß es besser. *Du hast Angst, dass er dein Interesse bemerkt. Du bist so ein Schisser. Was soll schon passieren? Wir stehen an den Gräbern und vielleicht treffen sich ja unsere Blicke. Na und?*

Sie lässt ihn gehen. Nur kurz widmet sie sich dem Grab ihres verstorbenen Mannes, dann läuft sie ihm hinterher. Tatsächlich bestellt er sich gerade wieder etwas in dem Café. Sie geht hinein, sieht, dass alle Tische von mindestens einem Gast besetzt sind. Sie holt tief Luft. »Jetzt oder nie.« Also geht sie, so zielstrebig, wie es ihr die Situation ermöglicht, auf den freien Stuhl am Tisch des Mannes zu.

»Entschuldigung, es ist kein Tisch mehr frei, darf ich mich dazusetzen?«

Der Mann sieht auf, blickt sie emotionslos an und gibt ihr mit einem Handzeichen zu verstehen, dass er nichts dagegen hätte. Nachdem sie ihre Jacke über die Stuhllehne gehängt hat, kommt die Bedienung und stellt einen Kaffee und ein Stück Himbeertorte vor den Mann. Sodann wendet sie sich an Katrin.

»Ich hätte, glaube ich, gern das Gleiche. Der sieht ausgezeichnet aus.«

»Der schmeckt auch gut«, gibt der Mann mit einer charmant klingenden Stimme zum Besten. Katrin errötet leicht. Ihr kommt es vor, als würde er über den Kuchen sprechen, aber eigentlich etwas anderes meinen. Sicherlich interpretiert sie das nur hinein. *Der Mann ist nicht zum Flirten hier, er trauert,* maßregelt sie sich, ohne es laut auszusprechen.

»Ihr Mann? Er ist jung gestorben, tut mir sehr leid.«

Mein Mann? Was weiß er von mir und meinen Besuchen hier auf dem Friedhof? Katrin sieht ihn irritiert an.

»Sie besuchen doch das Grab Ihres Mannes, nicht wahr?«

»Woher … ich meine … woher wissen Sie das?« Alles hat sie sich vorstellen können: ein peinliches Schweigen, während sie beide ihren Kuchen essen; ausweichende Gespräche über das Wetter; ein Fauxpas ihrerseits: Kaffee verschütten oder das Tischtuch mit Kuchen vollkleckern … Aber nein, er stellt eine Frage, die echtes Interesse offenbart.

»Als ich letzte Woche hier war, sah ich Sie an diesem Grab stehen. Bitte entschuldigen Sie, wenn das aufdringlich klingt, aber ich habe nachgesehen, wer dort begraben liegt.«

Sie sieht ihn aufmerksam an. Seine Augen, die so viel Wärme ausstrahlen. Die fein geschwungene Nase, die zarte Haut, die wegen scheinbar geringen Bartwuchses nicht täglich malträtiert werden muss, die kleinen Ohrläppchen, die dunkelblonden Haare, die sich etwas wirr auf dem Kopf arrangieren. Aber auch die Kiefermuskulatur, die etwas über seine Anspannung verrät. Schließlich hat er gerade zugegeben, dass er ihr nachspioniert hat.

»Ja, es ist mein Mann. Er ist vor einem Jahr gestorben. Verkehrsunfall.«

»Das tut mir leid.«

»Und bei Ihnen? Ihre Frau?« Sogleich bemerkt sie, dass auch sie mit der Frage zugibt, dass sie die Inschrift auf dem Kreuz gelesen hat, zwingt sich aber, sich nichts anmerken zu lassen.

»Sie hatte eine Art von Krebs. Begann vor zwei Jahren. Jetzt ist sie endlich erlöst.«

»Sie sagen das so positiv.«

»Wir haben uns bereits vor längerer Zeit voneinander verabschiedet. Für sie war es definitiv eine Erlösung. Eine Erlösung von den ewigen Qualen. Und ich will ehrlich sein. Sosehr ich sie liebe und vermisse, ich kann es nachvollziehen.«

Dabei sieht er gedankenverloren auf seinen Kuchenteller. Katrin ist versucht, ihre Hand hinüberzustrecken und mit einer tröstenden Geste seine zu berühren. Entscheidet sich aber dagegen. »Das muss schwer für Sie gewesen sein. Die Krankheit, das lange Sterben.«

»Immerhin konnten wir voneinander Abschied nehmen. Ich gehe davon aus, dass das bei Ihnen nicht der Fall war?«

»Er starb noch am Unfallort. Wir konnten uns nicht voneinander verabschieden. Sie haben recht. Es ist kaum tragbar, das zu verkraften.«

Jetzt reicht er seine Hand hinüber, ergreift die ihre und drückte sie leicht zum Zeichen des Trostes. Die Berührung sendet eine angenehme Wärme in ihre Hand, zieht sich den Arm hoch und erreicht schließlich ihr Herz. Sie sieht ihm in die Augen und er hält ihrem Blick stand.

Was passiert hier gerade mit ihnen?

»Sie … ich meine … Ihr Auto. Sie haben Kinder?«

»Oh, der Aufkleber. Nein, haben wir nicht. Das ist das Auto einer Bekannten.«

SINA

Als Sina die Augen wieder aufschlug, wusste sie zunächst nicht, wo sie sich befand. Eine weiche Decke umhüllte ihren Körper. Ihr Kopf war auf einem Daunenkissen gebettet. Einen Nachttisch mit einer Lampe konnte sie im Dunkeln ausmachen. Durch das Fenster mit den bodenlangen Vorhängen drang gerade so viel Licht, dass sie Schemen erkennen konnte. Schrank, Schreibpult, Spiegel, Tür, der Blick hinunter von einer erhöhten Position. Jetzt fiel es ihr ein. Sie war im Bett des Hotelzimmers. Luke. Sie hatten wunderbaren Sex gehabt. Dann war ihr schwarz vor Augen geworden.

Sie hob die Bettdecke an. Sie war nackt. Hatte Luke sie hier hineingelegt? Der gute Mann. Er war so fürsorglich. Sie drehte sich um. Luke musste neben ihr liegen. Das Bett war benutzt, aber leer. Sie setzte sich auf. Konnte es sein, dass sie allein war?

Die Toilettenspülung. Es ging eine Tür auf und wieder zu. Ein großer Schatten schlich sich zum Bett. Luke. Er nahm wahr, dass sie wach ist und aufrecht im Bett saß.

»Geht es dir besser? Das ist schön.« Er nahm sie in den Arm. »Ich habe mir solche Sorgen gemacht.«

»Ich verstehe nicht ganz, was ist passiert?«

»Du bist ausgerutscht. In der Dusche. Hast dir den Kopf

angeschlagen. Ich habe mir wirklich Sorgen gemacht.«

»Ich kann mich gar nicht richtig erinnern. War ich bewusstlos?«

»Ich habe dich ins Bett gelegt. Du hast geatmet, hast dann kurz darauf bereits wieder etwas gesagt.«

»Was habe ich gesagt?«

»Das war mehr so ein Brabbeln. Unverständliches Zeug, als wenn du im Traum sprechen würdest.«

Sie zog ihn zu sich heran, drückte ihn, küsste ihn. »Und du hast dich so lieb um mich gekümmert.«

»Aber natürlich. Es ist alles wieder gut.«

Es ist alles wieder gut. Seine Worte hallten in ihr nach, während er sich ihren Armen entzog.

»Hör zu, ich muss heute sehr früh im Büro sein. Schlaf dich aus. Das Zimmer ist bezahlt. Ich werde mich jetzt anziehen und verschwinden.«

»Nein, bleib bitte!«, flehte sie mit einem verliebten Augenaufschlag.

»Es geht nicht, bitte versteh das.«

Sina sah ihm dabei zu, wie er sich vollständig anzog. Würde er direkt ins Büro fahren? Oder erst zu sich nach Hause, um sich etwas Frisches anzuziehen? Sina formulierte Fragen in ihrem Kopf, bis Luke fertig war und zur Tür ging.

»Ich melde mich.« Und weg war er.

Über Sinas Gesicht legte sich ein Lächeln, weil sie das Gefühl hatte, dass sich aus ihrer Beziehung zu Luke wirklich etwas entwickeln konnte. Eine feste Beziehung, eine dauerhafte Beziehung, ein Bund fürs Leben. Gleichzeitig nagten wieder Zweifel an ihr. Sie hatte schon so viele Beziehungen gehabt, die nie lange gehalten hatten. Und stand nicht der Satz »Ich melde mich!« als Synonym für »War schön mit dir, aber wir sehen uns nie wieder«?

Das Abendessen, die Gespräche, der Sex unter der Dusche. Es hatte alles so wunderschön begonnen. Und dann war sie einfach ohnmächtig geworden. Da muss ein Mann ja das Weite suchen. Andererseits war er geblieben. Hatte sich um sie gesorgt.

Sina verspürte einen unbändigen Durst. In der Minibar des Hotelzimmers befand sich kein Wasser mehr, nur alkoholische Getränke. Sie ging ins Bad, um sich ein Glas aus dem Wasserhahn zu füllen. Während sie trank, löste sich etwas zwischen ihren Zähnen. Ein gummiweicher Krümel, was war das? Was hatte sie gegessen? Sie sah die Dusche und dann fiel es ihr wieder ein. Sein Schwanz in ihrem Mund. Er hatte plötzlich in ihr abgespritzt und sie war nicht darauf vorbereitet gewesen. Ihr war schlecht geworden. War sie umgekippt? Sina befühlte ihren Hinterkopf. Gab es dort eine Beule? Sie fand keinen Hinweis. War er nur höflich gewesen und hatte diesen Ausrutscher erfunden, um nicht über die wahren Gründe sprechen zu müssen?

Spermaschock – Junge Frau bricht bei Fellatio zusammen. Bewusstlos!

Tolle Schlagzeile. Sie lief rot an. Wie peinlich war das denn? Für wen würde er sie jetzt halten? Und wenn er sie jetzt nicht mehr wiedersehen wollte? Solch einen Traummann ließ sie doch nicht einfach gehen. Sie würde üben müssen. Einen dicken Schwanz konnte sie noch mit einer Banane simulieren, aber das spritzende Ejakulat? Ihr wurde panisch zumute. Wenn ihr das wieder passierte? Er würde sie für eine unerfahrene Landpomeranze halten und sich eine andere suchen. Ihr Glück hatte kaum begonnen und nun sollte es auch schon wieder vorbei sein? Das würde sie nicht ertragen. Nein, diesmal würde sie alles daran setzen, diese Beziehung nicht scheitern zu lassen. Er sah gut aus, war höflich und zuvorkommend, hatte Manieren, war geistreich, ein interessanter Gesprächspartner und einen guten Job hatte er offenbar auch. Ja, Geld war nicht unwichtig, wollte sie eine Familie mit ihm gründen. Dann musste sie auch daran denken, dass sie bei einem Kind nicht gleich wieder voll arbeiten konnte und bestimmt auch nicht wollte. Da war es gut, wenn der Mann genügend nach Hause brachte. Und als Anwalt in einer großen Firma würde er doch sicher deutlich besser verdienen als sie in ihrem Bürojob. Opfer mussten gebracht werden. Sie konnte nicht alles haben und nichts dafür geben wollen.

Zunächst war jedoch die Frage wichtig, ob sich Luke melden würde. Natürlich hatte sie seine Telefonnummer, auch wenn er sie ihr nie direkt gegeben hatte. Aber er hatte sie angerufen und sie seine Nummer daraufhin abgespeichert. Sie wollte jedoch nicht aufdringlich klingen und lieber ein paar Tage abwarten, ob er sich vielleicht aus eigenem Entschluss meldete. Sina lag noch etwa eine Stunde im Bett und grübelte über ihre Beziehung nach. Und noch eine weitere halbe Stunde, bis die Morgendämmerung das Zimmer in fröhlicheres Licht tauchte. Dann stand sie auf, machte sich im Bad frisch, zog sich an und verließ das Zimmer.

An der Rezeption vergewisserte sie sich, ob »ihr Mann« alles beglichen habe. Sie bemerkte mit Genugtuung, dass die junge Dame an der Rezeption keine Anzeichen erkennen ließ, dass sie genau wusste, dass »ihr Mann« nicht ihr Ehemann war. Vielleicht kam es hier öfter vor, dass sich Liebende für eine Nacht ein Zimmer nahmen? Bei dem Gedanken kam sie sich benutzt vor, zerschlug das Missbehagen jedoch gleich wieder. Sie hatte sich in Luke verliebt. Und er sich in sie. Es konnte nur so sein.

**

Luke meldete sich zu ihrer Freude öfter, als sie zunächst gedacht hatte. Sie unternahmen Spaziergänge, gingen in Cafés oder er führte sie erneut schick zum Essen aus. Ein einvernehmliches Treffen in einem Hotelzimmer konnte die Tage, an denen sie sich trafen, wunderbar abrunden. Luke ging mit ihr sehr zärtlich um. Selten trafen sie sich bei ihr, noch seltener bei ihm. Genau genommen gar nicht. Sina sprach ihn des Öfteren darauf an, aber er hatte immer Ausflüchte jeglicher Art, warum es gerade nicht ging. Sina hatte zunehmend das Gefühl, er wolle sie nicht zu dicht an sich heranlassen. Verbarg er etwas? Aber was sollte das sein? Es gab keinen Hinweis. Auch wenn er sie das eine oder andere Mal sitzen ließ. Sina saß dann am Telefon und wartete darauf, dass er sich doch noch meldete. Meistens wartete sie an diesen Tagen vergebens. Er hatte eben viel zu tun, beruhigte sie sich selbst. Sie liebten sich doch, das war eindeutig. Sina beschloss, die Zeit mit ihrem Traummann einfach zu genießen und sich auf den Schwingen des wohligen Glücks davontragen zu lassen. Sie war schon einmal verheiratet gewesen. Nur für kurze Zeit. Und es war keine schöne Zeit. Ihr Ehemann entpuppte sich nach der Trauung als wahrer Schmarotzer. Er ließ sich zu Hause bedienen, rührte keinen Finger. Und als er arbeitslos wurde, mühte er sich nicht gerade, um einen neuen Job zu bekommen. Der Sex war dadurch noch weniger aufregend, als er ohnehin schon mit ihm war. Wie hätte sie sich von einem Mann erregt fühlen sollen, der ihr in keiner Weise Anlass bot, zu ihm aufzusehen? Also lieber die Situation so genießen, wie sie war.

Aber Sina unterschied sich nicht von anderen Menschen. Schon bald reichte ihr diese Wohlfühlnummer auf Abruf nicht mehr. Immer öfter dachte sie daran, ihn fester an sich zu binden. Luke hatte sie wieder einmal versetzt und sich mehrere Tage nicht gemeldet. Sina litt Qualen, die sie mit ihrem Verstand nicht fassen konnte. Statt sich abzulenken und zum Sport zu gehen oder sich etwas Schönes zu kaufen, saß sie zu Hause und schrumpfte in sich zusammen.

In solchen Momenten reifte in ihr der Plan, von ihm schwanger zu werden. Eine Familie hat schon so manchen störrischen Mann umschwenken lassen. Auch Luke war jemand, der zu seinem Glück gezwungen werden musste, dachte sie. Wenn einen das erste Mal die süßen Augen des eigenen Kindes ansahen, dann würde auch der störrischste Mann schwach werden. Für Sina bestand da kein Zweifel.

***

Eines warmen Abends im September arrangierte sie alles so, wie sie hoffte, dass es gelingen könnte. Die Decke, die Wiesen, die Büsche, der helle Mond, eine Nacht wie geschaffen für ihre Zwecke. Er kam in ihr. Sie saugte sein Sperma in sich auf und war glücklich.

Jetzt hieß es Warten.

KATRIN

»Wir kannten uns bereits aus der Schule. Aber wir sind damals nicht richtig zusammengekommen. Paul, mein Mann, ging zunächst zum Militär und dann nach Mannheim zum Studieren. Ich blieb von Beginn an im elterlichen Betrieb. Wir haben eine große Baufirma. Hoch- und Tiefbau. Wir sind weltweit aktiv. Und meine Eltern wollten, dass ich zunächst eine Lehre in der Firma mache, damit ich die Grundzüge des Geschäftes von innen heraus kennenlerne. Und auch, um mir später Respekt zu verschaffen. Mitarbeiter lieben es, wenn jemand aus ihrer Mitte in die Führung kommt, sagt mein Vater immer.«

»Bei der Ausbildung ist es aber nicht geblieben, nehme ich an.«

»Nein, ich habe dann Wirtschaftswissenschaften studiert. Mit meinen Buchhaltungskenntnissen aus der Lehre würde sich solch ein Betrieb nicht mehr führen lassen, meinte mein

Vater. Und für ein global agierendes Unternehmen wäre wirtschaftlicher Sachverstand unverzichtbar.«

»Und Sie haben immer getan, was Ihr Vater wollte?«

Eine heftige Frage. Hat sie das? Katrin hat das noch nie so betrachtet. »Es war klar, dass ich im elterlichen Betrieb bleibe. Mein Großvater hatte diese Firma gegründet. Als kleine Maurerei. Durch meinen Vater ist sie dann mehr und mehr gewachsen. Ich habe meine Rolle darin nie infrage gestellt.«

»Aber Sie werden doch auch eigene Träume gehabt haben, nehme ich an?«

Katrin fühlt sich komplett verunsichert. Da sitzt ihr ein fremder Mann gegenüber, dessen Namen sie bislang nicht einmal erfragt hatte, und rührt mit seinen Fragen an ihrem Innersten. Sie weiß nichts darauf zu antworten und sieht ihn nur an.

»Und Ihr Mann«, hilft er ihr nun über die Gesprächslücke, »war ebenfalls in der Firma beschäftigt, nehme ich an?«

»Äh, ja. Er ist Jurist. War, meine ich. Meinen Eltern war er immer schon sympathisch. Und so übernahm er schnell einen Posten in verantwortlicher Stellung an unserem anderen Firmenstandort.«

»Dann war es eher eine Fernbeziehung?«

»Ja, so kann man es sagen. Allerdings hatten wir uns ausbedungen, dass Paul mittwochnachmittags freinehmen konnte, damit wir uns auch mal unter der Woche sahen. Es hatte sich dann eingebürgert, dass Meetings hier am Hauptsitz auf den Mittwoch gelegt wurden, wenn er ohnehin schon da war. Tja, so ist das eben, wenn man eine Firma leitet. Aber Zeit für uns hatten wir natürlich trotzdem.«

»Darf ich Sie noch etwas fragen? Haben Sie Kinder?«

»Nein. Nein, dazu ist es nie gekommen. Ich weiß nicht. Ich …«

Er nimmt wieder ihre Hand. »Sie hätten gern welche gehabt?«

Sie sieht ihn fragend an. Die Hand. Sein Blick. Es scheint, als ob er in sie hineinsehen könne. Als ob er bereits alles über sie wüsste. Eine Art Seelenverwandtschaft. »Ja, ich glaube schon.« Soll sie ihm offenbaren, dass ihr Herzenswunsch eigentlich ein Studium zur Sonderpädagogin gewesen wäre? Nein, das würde jetzt alles zu sehr in die Tiefe gehen. Sie kennt ihn doch gar nicht. Deshalb fragt sie: »Ich denke, ich habe jetzt schon sehr viel von mir preisgegeben. Darf ich erfahren, wem ich das alles erzähle?«

»O ja, natürlich. Ich heiße Rolf. Rolf Weitzel. Angenehm.« Diesmal reicht er ihr die Hand zum offiziellen Kennenlernen.

Weitzel, natürlich, das hat sie ja auf dem Grabkreuz gelesen. »Sehr freundlich, dass Sie sich vorstellen. Ich heiße Katrin Groenewold. Sehr erfreut.« Warum sie sich gerade so förmlich gibt, kann sie sich auch nicht erklären. Mit dieser Förmlichkeit schafft sie für gewöhnlich Distanz im Geschäftsleben. Sie möchte nicht als »die Tochter« des Chefs gesehen werden und auch nicht als »Erbin, die ohne ihr Zutun« eines Tages solch eine erfolgreiche Firma übernehmen würde.

»Ganz meinerseits«, übernimmt Rolf Weitzel die formale Haltung und nickt leicht beim neuerlichen Händedruck. Danach bleiben ihre Blicke allerdings ein wenig länger aneinanderhaften, als es eine förmliche Vorstellung verlangt.

Sie müssen beide lachen.

»Entschuldigung. Ich kann Geschäftliches und Privates manchmal nicht auseinanderhalten. Und nein, ich habe den Namen meines Mannes nicht angenommen. Die Firma, Sie verstehen. Normalerweise ist das die nächste Frage.« Rolf Weitzel blickt sie wissend an, als ob er diese Frage nie formuliert hätte. Er ist offenbar ein moderner Mann. Er würde möglicherweise auch den Namen seiner Frau annehmen. Vielleicht hat er das? »Was machen Sie beruflich?«

»Ich bin Lehrer. Sport und Englisch. An einem Gymnasium für schlaue Kinder.«

»Hochbegabtenschule?«

»Nein, ganz normal. Aber heute meinen natürlich alle Eltern, ihr Kind sei das schlaueste. Und davon haben wir eine ganze Menge.«

»Ach«, meint Katrin erlöst und denkt: Er kann auch witzig sein. Wie schön. Wann habe ich überhaupt das letzte Mal gelacht?

»Na ja, es sagt einfach keiner, mein Kind ist nicht die hellste Kerze, aber schauen Sie mal, was Sie daraus machen können. Schön wäre es, denn dann wären die Eltern uns Lehrern vielleicht auch mal dankbar. So müssen wir die Kinder leider immer wieder vom Sockel stoßen, den ihre Eltern ihnen untergeschoben haben.«

»Ich schätze, Sie sind ein guter Lehrer.«

»Das müssen andere beurteilen. Zumindest versuche ich es. Und ich mag die Kinder. Alle. Ich überfordere sie nicht. Druck haben die meisten schon genug zu Hause.«

»Ja, das kenne ich. Es ist nicht immer leicht, Kind zu sein.«

»Da sagen Sie was.«

Beide schweigen einen Moment, trinken die letzten Schlucke aus ihren Tassen. Sie möchte nicht, dass das hier endet. Wie kann sie ihn wiedersehen? »Sind Sie immer mittwochs am Grab? Ich meine, ich komme immer mittwochs, und jetzt sind wir uns die zweite Woche begegnet, und ich dachte, wir könnten … wir könnten das hier wiederholen.«

»Ich muss leider wieder zurück an meinen Heimatort. Die Ferien gehen zu Ende. Aber sonntags. Übernächsten Sonntag werde ich da sein.«

»Das ist auch mein Tag. Ich möchte nicht aufdringlich erscheinen, aber … nachmittags um die gleiche Zeit.«

Ein Lächeln huscht über das Gesicht von Rolf Weitzel. »Gern. Dann, bis nächste Woche am Sonntag.« Damit erhebt er sich und gibt ihr die Hand zum Abschied.

Katrin sieht ihm nach. Auf dem Weg zum Ausgang macht er Halt am Café-Tresen und bezahlt seine Rechnung. Ein sehr aufmerksamer, einfühlsamer Mann. So anders als Paul. Doch ebenso faszinierend. Auf eine ganz andere Art. Aber faszinierend.

Sie winkt der Bedienung und nestelt ihr Portemonnaie aus der Tasche.

Die junge Frau kommt an ihren Tisch. »Der Herr hat bereits alles bezahlt. Einen schönen Tag wünsche ich Ihnen noch.«

Alles bezahlt? Warum tut er das? Findet er sie doch sympathischer, als sie sich zu erhoffen wagt? »Er hat gerade erst seine Frau unter die Erde gebracht«, schimpft Katrin, »was erwartest du denn von ihm? Lass ihn in Ruhe trauern und stell ihm nicht nach.« Gleichzeitig freut sie sich auf den verabredeten Sonntag.

Auf dem Weg zu ihrem Auto fällt ihr etwas Merkwürdiges auf. Warum ist seine Frau hier begraben? Offenbar wohnten sie doch ganz woanders. Und das muss so weit weg sein, dass Rolf Weitzel nicht mal eben unter der Woche zum Friedhof fahren kann. Es könnte sein, dass ihre Eltern hier leben und ihre Tochter bei sich haben wollten. Oder er hat den Arbeitsplatz gewechselt, ist umgezogen, um nicht immer an sie erinnert zu werden, wenn er nach der Arbeit nach Hause kommt?

Gedankenverloren erreicht sie ihr Auto, steigt ein und fährt noch einmal zurück in die Firma. Es liegt genug Arbeit auf dem Schreibtisch und die würde sie gewiss ablenken.

SINA

Sina nahm den Anruf entgegen. War es Luke? Ehe sie sich melden konnte, sprach Luke lüstern in ihr Ohr: »Zieh dir was Schickes an. Du verstehst, was ich meine? Ich bin scharf auf dich! Ich komme gleich vorbei.«

Sina fragte sich irritiert, was er als schick erachten würde. Offenbar etwas, was ihn sexuell anmachte. Er hatte es ja deutlich genug zum Ausdruck gebracht. Hatte sie so etwas? Ihr Blut pochte ihr in den Ohren vor plötzlich aufschießender Erregung. Der in Aussicht gestellte Sex mit ihm machte sie so an, dass ihr Herz schneller schlug und ihre Fantasie getriggert wurde. Sie fand schließlich, dass ein schwarzer Bikinislip und eine dünne weiße Bluse, deren Knopfleistenenden sie über dem Bauch zusammenknotete, ihre Reize zur Genüge zur Geltung bringen würden.

Sie kam sich fremd vor. Sina hatte noch nie einen Mann, der offensichtlich nur das eine von ihr wollte, so empfangen. Sie wollte das Beste daraus machen. Sobald sie sein Auto in die Straße einbiegen sah, lehnte sie die Haustür an, schaltete gemütliche Lounge-Musik zur Untermalung an, drapierte sich auf das Sofa und wartete. Als sie hörte, wie die Tür aufgeschoben und wieder geschlossen wurde, fuhr sie mit der Hand lasziv über die Rückenlehne und öffnete leicht die Schenkel. Sollte er ruhig den feuchten Fleck sehen.

Luke starrte sie an. »Das soll sexy wirken? Hast du nichts anderes? Also ehrlich. Ich versuche, uns beide im Vorfeld in Stimmung zu bringen, das habe ich doch getan, oder? Gib zu, du bist auch schon den ganzen Tag erregt, stimmt's? Und jetzt kommst du mit so einer Kinderkacke. Das turnt ja jeden Mann ab. Da bin ich den ganzen Tag scharf auf dich und dann so etwas. Na ja, wo du schon mal feucht bist …«

Sina zog verschreckt ihre Schenkel zusammen. Was war das

hier? Wer war dieser Mann? Wo war der Luke, den sie kannte?

Luke löste die Krawatte, zog seine Hosen hinunter und kam auf sie zu. »Los, dreh dich um. Ich will dich von hinten ficken, dann muss ich dich nicht dabei ansehen.« Luke packte zu, drehte sie an den Hüften in den Vierfüßlerstand, riss ihr den Slip hinunter und drängte ihre Beine auseinander.

Sina wimmerte, traute sich jedoch nicht aufzubegehren. Zum einen, weil sie sich seiner körperlichen Kraft bewusst war. Zum anderen, weil sie sich schuldig fühlte. Schuldig, da sie ihn offenbar nicht so zufriedenstellen konnte, wie er es sich wünschte. Sie hatte das Falsche angezogen und das war ganz allein ihre Schuld.

Er hatte leichtes Spiel mit ihr. Sie war feucht, das hatte er bemerkt. Sein harter Prügel rammte ungehindert in sie hinein. Er zog sie an den Hüften zu sich heran. Kraftvoll und immer schneller. Bereits nach kurzer Zeit verkrampfte sich sein Körper, entzog sich ihr, drehte sie wieder brutal um, riss ihr die Bluse auf und spritzte stöhnend seine Soße über ihre Brüste. Bevor er richtig fertig war, kniete er über ihr, hielt ihr seinen Schwanz ins Gesicht und befahl: »Ablutschen.«

Zaghaft näherte sich Sina seinem Glied, streckte die Zunge aus und berührte zart seine Eichel.

»So richtig!« Und damit griff er ihren Kopf und schob seinen Schwanz in ihren Mund. Ihr wurde schlecht, sie musste gezwungenermaßen alles aufnehmen, was an seinem Schwanz klebte. Er bewegte ihn noch ein paar Mal vor und zurück, bis er sich ihr entzog und sie auf dem Sofa zurückließ.

»Braves Mädchen. Da hast du es ja noch mal gut gemacht. Ich merke, wir verstehen uns.« Damit zog er seine Hosen wieder an, steckte das Hemd hinein, schloss den Gürtel, zog die Krawatte straff und beugte sich zu ihr. Sie hörte ihn mit süßer Stimme sprechen. »Du bist echt eine klasse Frau. Ich bin froh, dass wir uns getroffen haben. Ich rufe dich an.« Sina spürte einen liebevollen Kuss auf ihren Lippen und hörte kurz darauf die Tür ins Schloss fallen.

Sie blieb zurück. Einsam, gedemütigt, verwirrt. Sie konnte das eben Erlebte nicht einsortieren. Luke. Dieser zuvorkommende, höfliche Mensch. War er noch ein Mensch? Aber hatte er sich nicht freundlich, ja, dankbar verabschiedet? Sina musste sich, wieder einmal, eingestehen, dass sie nicht viel vom Leben wusste. Vielleicht war das eben eine sexuelle Spielart gewesen, die andere als normal empfanden. Sie musste daran denken, wie sie entjungfert worden war. Sie hatte Angst gehabt, es war nicht besonders schön gewesen und doch hatte es seinen Reiz besessen. Und danach konnte sie Sex genießen. Luke war ein erfahrener Mann. Auch wenn er sie verschreckt hatte, so wollte sie ihm gern Glauben schenken, dass er wusste, was er tat. Und nie etwas tun würde, was ihr ernsthaft schaden könnte. Vielleicht sollte sie sogar dankbar sein, dass er sie einen großen Schritt in eine andere Dimension von sexueller Lust geführt hatte. Sie sah das Bild von seinem großen Penis vor ihrem Gesicht aufflammen. Dieser herrliche Schwanz, der sie bereits zu so wunderbaren Orgasmen gebracht hatte. Andere Frauen nahmen auch den Schwanz ihres Mannes in den Mund, bestimmt. Sie wollte doch nicht prüde rüberkommen. Und überhaupt sollte sie sich nach einer sexy Unterwäsche umsehen.

Sina spreizte die Schenkel. Ihre Scham glühte noch von dem wilden Ritt, den er mit ihr veranstaltet hatte. Es hatte ihn geil gemacht. *Sie* hatte ihn geil gemacht. Supergeil. So schnell, wie er gekommen war. Und was war mit ihr? Sie berührte ihre Schamlippen, streichelte ihre Klitoris. Würde sie noch zu Empfindungen fähig sein? Ein Teil von ihr wusste, dass es nicht richtig sein konnte, wie er sie behandelt hatte, wie er sie benutzt hatte. Ein anderer Teil nahm ihn in Schutz, verwies auf die Lust, die dieser Mann ihr noch bereiten könnte, wenn sie es nur zuließe. Sie gab sich ihren Fingern hin. Auch wenn sich dabei immer wieder negative Gedanken über Luke einschlichen. Sie entschied sich, diese Gedanken zu verdrängen, und träumte sich in eine angenehme Situation. Sie würde ihn das nächste Mal in roter Spitzenunterwäsche empfangen. Er würde sie mit geilen Augen betrachten, ihr Dekolleté streicheln und schließlich eine Brust aus der Seide befreien. Er würde an ihrem Nippel saugen, mit einer Hand in ihren Schritt fassen und sie geschickt mit seinen Fingern verwöhnen. *Was bist du doch für eine aufregende Frau,* würde er sagen. Und »Ich liebe dich« hinterherflüstern. Und ... sie stöhnte laut auf. Der Orgasmus strömte wunderbar warm durch ihren Körper.

KATRIN

Ein leises Plonk ertönt, als Katrin die dampfende Teetasse auf ihrem Nachtschränkchen abstellt. Bereits im Nachthemd hat sie sich entschlossen, noch eine Tasse Tee zu kochen, um ihre wirren Gedanken zu beruhigen. Sie würde sich ins Bett legen, ein gutes Buch lesen, dabei ihren Beruhigungstee trinken und dann gemütlich wegschlummern.

Sie schlägt die Bettdecke über und blättert das Buch auf. Ein spannender Thriller, der sie bislang jeden der letzten Tage irgendwann hat einschlafen lassen. Sich von der Arbeit ablenken, nichts mit nach Hause nehmen, private Probleme vor die Tür schieben, den Schlaf zur Erholung nutzen, das hat sie sich seit dem Tod von Paul mühsam antrainiert. Und mit einem entsprechenden Buch gelingt ihr das meistens auch gut. Es verwirrt sie, dass immer wieder ihr Gespräch mit diesem Rolf Weitzel zwischen ihren Gedanken zum Buch aufblitzt.

Sie trinkt einen Schluck Tee. Nerven beruhigen. Sie will nicht an ihn denken. Nur diesmal schleichen sich Gedanken und Bilder ein, die weiter gehen als die bisherigen. Sie weiß zwar weiterhin nicht, ob er gut küssen kann und wie er eine Frau im Bett behandelt, aber jetzt hat sie ihn besser kennengelernt. Und ihre Fantasie bastelt sich aus diesem Wissen gerade eine aufregende Studie. Sportlehrer sei er. Das passt zum Körperbau. Sportlich, kaum Fett, federnder Gang. Sein sympathischer Kopf und der sehnige Hals deuten schon darauf hin, dass er nicht nur am Schreibtisch sitzt. Und nun hat er auch noch mit Kindern zu tun. Damit erzielt er bei ihr besondere Sympathiepunkte. Solch ein Mann kann kein schlechter Mensch sein.

Sie schließt die Augen, das Buch sinkt auf ihre Brust, wo es einen angenehm leichten Druck ausübt. Wie lang ist es her, dass eine Männerhand sich um ihre Brust gelegt hat? Viel zu lange? Ist es okay, sich das vorzustellen? Katrin hadert mit sich und ihrem beginnenden Traum. Würde sie Paul betrügen, wenn sie wieder Gelüste spürte? Sicher, sie hat sich in der Vergangenheit auch Szenen mit Paul ins Gedächtnis gerufen, dass es ihr zwischen den Beinen kribbelte. Aber wenn sie dann ihre Hand hinabwandern ließ, um dieses Kribbeln zu ergründen, dann brach die Imagination stets mahnend ab. »Du kannst doch nicht mit einem Toten schlafen. Das ist unmoralisch. Schäm dich!« Ihr Unterbewusstsein schrie sie geradezu an. Maßregelte sie. Züchtigte sie.

Derartige Dinge passieren aber nicht, als sie mit der einen Hand ihre Brust umschließt und sich dem Gedanken hingibt, dieser Rolf würde sie kneten und anschließend zart an ihrer Warze saugen. Dann zieht er sich das Shirt vom Leib, wohldefinierte Muskeln zeigen sich an Schultern, Brust und Bauch. Beim Öffnen des Gürtels hilft sie ihm, möchte Zeuge sein, wie ein Forscher bei einer großen Entdeckung. Als die Hose fällt, springt ihr ein erigiertes Glied entgegen, dessen Anblick wieder ein Kribbeln zwischen ihren Beinen auslöst. Ein Kribbeln, welches sich diesmal anders anfühlt, frequenzreicher, mächtiger, realer. Als ihre Finger über ihren Venushügel wandern, um diese in Aufruhr geratene Körperregion zu ergründen, ist sie bereits so feucht, dass ihre Finger geradezu in ihre Lustspalte hineingezogen werden. Ihre andere Hand wandert sogleich zu ihrem Kitzler, der nach Berührung schreit. Dazu dieses Traumbild von diesem nackten Mann in ihrem Bett, der nun mit heißen Küssen ihren Körper bedeckt. Wollüstig rekelt sie sich unter all diesen Empfindungen, reckt den Kopf nach hinten, drückt den Körper durch und stöhnt befreit auf, als sich ihre Muskeln wieder entspannen. Nur um sogleich in die nächste von Erregung gesteuerte Muskelkontraktion zu gehen.

Kurz kommt ihr Paul in den Sinn. Paul nahm sie stets in der Missionarsstellung. Mochte er es nicht, wenn sie oben lag? Hat sie sich das jemals vorher gefragt? Aber mit diesem Mann ist es anders. Er würde es wünschen. Katrin setzt sich auf, zieht Nachthemd und Slip aus, schiebt sich ein Kissen zwischen die Beine und stellte sich vor, wie er unter ihr liegt. Wie dieser Mann sie dankbar anlächelt, wie er ihren Anblick genießt. Seine Augen wandern zwischen ihren Brüsten hin und her, was ihr ein Kribbeln in die Nippel jagt. Sie streicht darüber, kneift ihre Warzen und zieht daran. Ja, er würde sich zu ihnen beugen und daran lutschen.

Sie greift in das Nachtschränkchen und holt den Vibrator heraus, den sie sich vor einigen Monaten gekauft hat. Jedoch hat er noch nie sein Werk erfüllen können, da ihr immer wieder die mahnenden Blicke Pauls dazwischenfunkten. Er hätte nicht verstanden, wozu eine Frau so etwas brauchen könnte, wenn sie doch einen attraktiven Mann wie ihn hätte.

Aber mit diesem blonden Mann aus dem Café ist das anders. Er empfindet Lust dabei, wenn sie sich so frei und selbstbestimmt zeigt. Außerdem soll ihr der Dildo bei ihrer Imagination helfen. Sein Penis ragt aus dem Kissen empor, schiebt sich langsam in ihre Grotte. O ja, ist das schön. Tiefer, bitte, tiefer, ja, so macht er das gut.

Als sie ihn tief genug versenkt hat, bewegt sie ihr Becken vor und zurück, spannt ihre Scheidenmuskulatur an und spürt, wie sein Schwanz sie ausfüllt. Die Augen geschlossen, fühlt sie sich in die Situation ein. Dieser erregende Mann, der mal ihre Schenkel, mal ihren Bauch streichelt, dann ihr Brüste massiert und stets einen bewundernden Blick auf ihren Körper wirft. Ihre Hände gleiten von hier nach dort, simulieren die Taten ihres imaginären Sexpartners.

Lustvoll stößt er ihr nun sein Becken entgegen, sein steifer Schwanz malträtiert sie ausgiebig, dazu die Bewegungen ihres Beckens, der Höhepunkt kündigt sich an. Der Höhepunkt ihrer Fantasie, ihrer fantastischen Reise zum Gipfel der Lust. Wie lang hat sie das nicht erlebt. Und das ohne ihren Mann. Vieles im Leben geht mittlerweile ohne ihn, sollte sie dies endlich auch schaffen? Die Wellen des nahenden Orgasmus nehmen von ihr Besitz, ziehen durch ihren Körper, lassen ihre Muskeln krampfen und wieder entspannen, schütteln sie durch, vibrieren über ihre Kopfhaut. Ihren Atem kann sie nicht mehr kontrollieren. Nach Luft japsend, dann hyperventilierend, schlingert sie durch das Universum ihrer aufgestauten Sehnsüchte.

Ihr Körper wird in der Ekstase unkontrolliert vor- und zurückgeworfen. Sie wiegt sich überwältigt von den Gefühlen auf dem Bett hin und her. Unglücklich erwischt sie dabei die Nachttischlampe und stößt sie hinunter. Die Lampe brennt weiter, wirft von dem Nachtschrank einen übermächtigen Schatten an die Wand am Kopfende. Katrin erstarrt. In ihrer Einbildung erscheint ihr der Schatten wie ein großer Grabstein. Sie erschrickt, als sie dahinter das Antlitz ihres verstorbenen

Mannes erblickt. »Ist das Paul?«, fragt sie bang. »Er verfolgt mich. Ich will nicht mehr, dass er immer bei mir ist!« Tränen treten ihr in die Augen. Kann sie nicht einfach ihre Fantasie genießen? Muss ihr immer Paul in die Quere kommen? Wie fest ist er in ihrem Hirn, dass sie ihn nicht herausbekommt? »Du bist über ein Jahr tot. Ich will nicht mehr immer an dich denken müssen. Hau endlich ab!« Verzweifelt flehend blickt sie auf die Wand. Aber ist das wirklich Paul? Ja, er sieht so aus, aber wo sind seine gütigen Augen?

Sein Blick ist so anders.

Diese Augen sind die Augen eines Raubtieres.

SINA

»Hallo Sina, es war toll gestern mit dir. Danke, dass ich noch vorbeikommen durfte. Hör zu, ich bin am Wochenende mal wieder auf Dienstreise. Ich melde mich, sobald ich wieder da bin. Kuss, Luke.«

Sina hörte den Anrufbeantworter mehrfach ab. Luke klang so selbstverständlich. Es war alles gut. Sie hatte nichts falsch gemacht. Er bedankte sich sogar für den Sex. Glück wogte durch ihre Adern. Sie hatte sich einfach zu viele Gedanken gemacht. Sie würde schon lernen, ihm eine ebenbürtige Partnerin zu sein.

Noch am Samstag machte sie sich auf, erregende Unterwäsche für ihn zu erstehen. Als sie etwas fand, das ihrer Vorstellung von aufreizend entsprach und sie sich in Gedanken darin bereits in Lukes Arme fallen sah, unterstützte die Verkäuferin ihre Kaufentscheidung. »Dieses Satinrot steht Ihnen ausgezeichnet. Es lässt Ihre Haut noch weicher erscheinen. Ich bin mir sicher, dass Ihr Partner seine Augen nicht von Ihnen abwenden kann. Im Gegenteil, er würde noch ganz andere Dinge auf Sie richten.« Dabei brachte sie ein ansteckendes Lachen zustande.

Zu Hause übte sie einen lasziven Gang, mit dem sie ihm entgegengehen wollte. Die für sie sündhaft teure Reizwäsche, dieser Stoff der Verführung, sollte doch adäquat in Szene gesetzt werden. Die tollste Unterwäsche allein machte noch keine Verführung. Ihre anfängliche Unsicherheit wich bald einem selbstbewussten Gang. Vielleicht sollte sie noch etwas überziehen. Einen Bademantel! Oder einfach eine leichte Decke überlegen. Während sie auf ihn zuging, würde sie die Bedeckung elegant abstreifen und mit wiegenden Hüften auf ihn zukommen. Ach, warum hatte sie da nicht dran gedacht. Ihre Knöchelriemen-Sandalen mit Stilettoabsatz würden ihre Beine länger erscheinen lassen und gleichzeitig ihren Po knackiger zur Geltung bringen.

Wann würde Luke sich melden? Er hatte nichts Konkretes gesagt. Da Sina ständig an ihn dachte, wollte die Zeit nicht vergehen. Und jetzt am Wochenende ging sie nicht einmal arbeiten, das hätte sie vielleicht abgelenkt. Die Wohnung war geputzt, auch damit konnte sie nicht die Zeit totschlagen. Ein Spaziergang am Sonntagnachmittag war dagegen aufschlussreich. Warum wurde sie von den Menschen, die ihr begegneten, so verstohlen angesehen? Wobei die Männer offener, interessierter guckten, während sie von den Frauen eher abschätzige Blicke erntete. Kein Zweifel, es wirkte. Sie hatte ihre neue Unterwäsche druntergezogen, die etwas höheren Schuhe gewählt, ihren Gang leicht verändert, so wie sie es zu Hause geübt hatte. Offenbar trug sie ihre neu erworbene sexuelle Ausstrahlung vor sich her wie ein Positionslicht. *Seht her, ich bin schön, ich bin begehrenswert, ich bin sexy und ich bin hungrig.* Luke würde mit offenem Mund vor ihr stehen, bis ihm der Geifer aus dem Mund lief. Sina musste bei dieser Vorstellung lachen. Ein Lachen, das ihr spontan noch mehr Aufmerksamkeit verlieh. Sie hatte sich immer als graue Maus gesehen. Die Reaktionen der Menschen ließ sie umdenken. War es so einfach, in eine neue Haut zu schlüpfen? War es so einfach, mehr Selbstbewusstsein zu erlangen? Keiner hier im Park konnte ihre Unterwäsche sehen, aber sie registrierten, was dieser knappe seidene Stoff mit ihr machte. Unterbewusst. Die Männer bekamen ihre sexuelle Aura zu spüren, die Frauen sahen in ihr eine diffuse Konkurrenz.

Donnerstag, in aller Frühe, meldete sich endlich Luke. »Darf ich dein Angebot, mich bei dir zum Essen einzuladen, annehmen? Es würde mich sehr freuen.«

»Aber natürlich. Ich freue mich auch auf einen schönen Abend mit dir.«

»Mein Wochenende war anstrengend und ich hatte noch so viel nachzuarbeiten. Tut mir leid, dass ich mich nicht schon früher gemeldet habe.«

»Aber das ist doch in Ordnung. Die Arbeit geht nun einmal vor.«

In Wirklichkeit hatte sie Qualen durchlebt. Schlaflose Nächte und unkonzentrierte Tage. Doch nun sprang der Zeiger der Lebensuhr wieder um auf Glück. Ihr Körper schien geradezu einen Cocktail an Glückshormonen auszuschütten, der ihr jede Anstrengung leicht erscheinen ließ. Sie sprang aus dem Bett, verrichtete ihre Körperpflege, aß mit Genuss ein kleines Frühstück und schwebte von Glück getragen zur Arbeit. Ihre Stimmung übertrug sich bald auf den Chef, die Klienten am Telefon und den Postzusteller. Dann einkaufen, nach Hause fahren, das Essen zubereiten. Und immer die kleine Überraschung für Luke im Hinterkopf.

Um acht klingelte es an ihrer Tür. Luke war mit einem ansehnlichen Strauß bunter Astern und Lilien beladen, den er Sina feierlich überreichte. Sina trippelte unruhig auf der Stelle. Sollte sie sich einfach dafür bedanken, oder … sie schob den Strauß beiseite, schlang ihre Arme um seinen Hals und küsste ihn.

»Danke, schön, dass du da bist. Ich habe uns zur Feier des Tages Lammmedaillons zubereitet. Dazu frische Kartoffeln, die dünne Schale lasse ich immer dran, aber wenn du es nicht magst, pelle ich sie dir auch. Und hier Bohnen vom Markt«, referierte Sina unsicher, während sie das Essen auftrug.

Luke zog sie zu sich auf den Schoß. »Es sieht fantastisch aus, es riecht verführerisch und es schmeckt bestimmt auch so.« Luke sah Sina in die Augen, sodass ihr nicht eindeutig klar war, ob er vom Essen oder von ihr sprach. Egal, wie es gemeint war, sie fühlte sich gelobt und von Luke respektiert. Und beim Essen geradezu geliebt, denn Luke lobte das zarte Fleisch, den guten Wein und ihre Gesellschaft, in der er sich sehr wohlfühle.

Während des Essens bemerkte Luke, dass seine bisherigen Beziehungen immer Probleme damit hatten, dass er am Wochenende häufig weg war. Er könne das durchaus verstehen, aber sein Leben sei nun einmal so und er könne es schlecht ändern. Er trage bei seiner Arbeit eine hohe Verantwortung und zudem mache sie ihm Spaß. Sina hätte ihn natürlich auch gern am Wochenende um sich gehabt, aber deshalb könne man diesen Mann doch nicht verstoßen. Jede Frau sollte sich glücklich schätzen, wenn sie auch nur ein Stück von ihm bekäme. Nein, so besitzergreifend wollte sie nie sein. Bei ihr sollte sich Luke entspannen können.

Nach dem Essen lockte Sina ihn zum Sofa, um dort einen Digestif einzunehmen. Jetzt hatte sie ihn dort, wo sie ihn haben wollte. Er würde staunen. »Einen Augenblick bitte, ich bin gleich wieder da.« Sina schlüpfte ins Schlafzimmer, legte ihre Sachen ab, bis sie nur noch mit ihrer neuen Unterwäsche bekleidet war. Sie zog die Riemchensandalen an und warf sich ein dünnes Tuch über, holte tief Luft und trat wieder in den Flur hinaus. Bevor Luke sie so sehen konnte, schritt sie mit wiegenden Hüften den Gang entlang, blieb im Türrahmen stehen und brachte sich in eine verführerische Pose. Ehe sie sich mit dem Rücken gegen den Türpfosten lehnte, rieb sie den Po daran auf und ab, rhythmisch nach einer imaginären Musik. Dann kam sie auf ihn zu, so wie sie es geübt hatte, mit wiegendem Gang, die Hüften mit jedem Schritt leicht nach vorn gedreht, eine Hand in die Taille gestützt, die andere frei schwingend an der Seite, wie sie es im Fernsehen bei den Models gesehen hatte. Die Brust herausgestreckt, ein selbstbewusster Blick. Oh, er würde gleich Wachs in ihren Händen sein.

»Wie siehst du denn aus?«, hörte sie ihn betonungslos sagen.

»Gefällt es dir?«, hauchte sie verführerisch.

Plötzlich wurde er bestimmt. »Du siehst aus wie eine Nutte. Du verhältst dich wie eine Nutte. Wenn ich eine Nutte wollte, könnte ich auch ins Bordell gehen.«

»Aber …«

»Was aber?«, fragte Luke drohend nach.

»Du wolltest doch, dass ich mir etwas Schickes anziehe. Ich dachte, ich mache dir eine Freude.« Ihre Selbstsicherheit schwand dahin.

»Du dachtest. Und ich soll gesagt haben, dass du solche Fummel anziehen sollst?«

»Aber …«

»Ich höre immer nur *aber*. Du willst mir irgendwas unterstellen. Ich bin doch nicht dein Zuhälter.«

»Luke!«, versuchte sie flehend, sich zu verteidigen.

»Aber wenn du hier schon einen auf Nutte machst, dann mach ich es dir eben wie einer Nutte.« Luke sprang auf, fasste ihr an die Kehle und schob sie zurück zum Türrahmen, gegen den er sie drückte. Er zog ihren Kopf hoch, sie starrte ihn mit großen Augen an. »Ich werde dich benutzen wie eine Nutte, wie ein Stück Fleisch.« Mit einer Hand zerrte er ihr den BH von den Brüsten, bis sie heraussprangen. Kraftvoll umklammerte er die eine und saugte fest und gierig daran.

Sina wimmerte auf vor Schmerz. War das ernst, was er da sagte oder nur eine sexuelle Spielart, die sie lernen musste? *Ich kann mich nicht wehren. Wenn ich mich jetzt als frigide gebe, ist er weg. Was habe ich davon? Ich begehre diesen Mann. Andere haben auch Spaß bei solchen Spielen. Also versuche, dich einzufinden.*

Sina konnte endlich Luft holen, da Luke seine Hand von ihrem Hals genommen hatte. Stattdessen bohrte er jetzt einen Finger in ihre Vagina. Sie war zwar in der Vorbereitung bereits feucht geworden, aber sie verkrampfte und sperrte sich gegen sein Eindringen, was schmerzte.

»So, du wehrst dich. Bist eine Hure, die erst eingeritten werden will.«

Sie wurde von Luke gepackt und hochgehoben wie eine leere Wasserkiste. Die Tür zum Schlafzimmer stieß er mit seinem Fuß auf und kurz darauf wurde sie unsanft aufs Bett geschmissen.

»Du willst es also auf die harte Tour, ja? Macht dich das an?«

Während sie ihm starr zuhörte, zog er seinen Gürtel aus der Hose und ließ ihn hart auf die Bettkante peitschen. Sina zuckte bei dem Knall zusammen. Ehe sie den Schreck überwunden hatte, stand er bereits nackt vor dem Bett. Dieser trainierte Körper, diese pochende Lanze. Sie wusste doch, wie zärtlich er damit umgehen konnte. Und sie sehnte sich danach. Aber heute schien er wieder das Spiel zu bestimmen. Nein, halt! Ich habe das Spiel bestimmt, korrigierte sie ihre Gedanken. Sie hatte die Reizwäsche gekauft, sie hatte sie angezogen, sie hatte den »Nimm mich!«-Ausdruck geübt. Und jetzt nahm er sie.

Luke kletterte über sie wie eine Raubkatze. Er bog ihre Arme über den Kopf und fixierte sie mit einer Hand, die Sina wie eine Schraubzwinge vorkam.

Sina versuchte nicht einmal, sich zu wehren. Sie hatte ihn offenbar animiert. Und jetzt handelte er danach. Sie war schuld, wenn sie sich in diese Lage gebracht hatte.

Mit den Knien drückte er ihre Beine auseinander, schob seinen Körper dazwischen, rieb seinen harten Schwanz zwischen ihren Beinen. Mit der freien Hand zerrte er ihren neuen Slip zur Seite. Sie hörte die Nähte knarzen. Gleich würde er in sie eindringen. Sicher war alles nur ein Spiel und er würde gleich so zärtlich mit ihr umgehen, wie er es sie bereits hatte spüren lassen. Damals im Hotel. Aber sie musste ihre Hoffnung revidieren. Er stieß zu. Hart und unerbittlich.

Sina schrie auf, er hielt ihr den Mund zu. Konnte das wahr sein? Warum machte er das mit ihr? Sie liebte ihn doch. Und er liebte sie.

Sie hatte von Frauen gehört, die nur in der völligen Unterwerfung ihr sexuelles Glück fanden. War sie eine von diesen Frauen? Hatte Luke, der Erfahrenere von ihnen beiden, das erkannt und gab ihr nun, was sie eigentlich ersehnte? Während sie bei jedem seiner Stöße die Schmerzen zu unterdrücken versuchte, erkannte sie immer mehr das Tier in ihm. Seine wilden Augen glotzten auf ihre Brüste, die mit jedem Stoß energisch wippten. Seine Hand auf ihrem Mund ließ sie immer schwerer zu Atem kommen. *Nimm die Hand weg, ich werde nicht schreien, formten ihre Gedanken die Worte,* die sie doch nicht hinausbringen konnte. *Luft, ich brauche Luft.* Ihr Körper krampfte, die Beine strampelten, ihre Arme versuchten, Luke wegzudrücken, aber er war zu schwer. Dann seine Stöße, ohne Unterlass prügelte er seinen Schwanz in sie hinein. Als sie ihr Bewusstsein schwinden sah, passierte etwas Außergewöhnliches. Unglaubliche Orgasmuswellen strömten durch ihren Körper. Als wenn ihr der nahende Tod versüßt werden sollte. Sinas Körper bäumte sich unter diesen Lustqualen mit einer Kraft auf, die sie sich selbst nicht zugetraut hätte. Sie schaffte es, den schweren Leib Lukes ins Wanken zu bringen und schließlich abzuschmeißen. Röchelnd flüchtete sie rückwärts krabbelnd in die äußerste Ecke des Bettes. Sie atmete schwer, starrte Luke an, der offenbar im Moment des Abschmeißens einen Erguss gehabt hatte.

»Bist du wahnsinnig?!«, röchelte Sina vorwurfsvoll.

Luke lächelte sie an. »Mann, wie bist du denn drauf. Für mich sah es so aus, als ob du den Mega-Orgasmus deines Lebens hattest.«

»Ich habe gedacht, du willst mich umbringen.« Sinas Atemzüge beruhigten sich etwas und es schoben sich andere Gedanken dazu. Ja, sie hatte Angst gehabt. Aber hatte sie nicht gleichzeitig einen der intensivsten Orgasmen gespürt, den sie je erlebt hatte? Wie war das möglich?

Sina krabbelte benommen aus dem Bett, lief ins Bad und schloss sich ein. Was hatte Luke mit ihr getan? Er hat sie eine Hure geschimpft und gedroht, sie auch so zu behandeln. Als ob man eine Hure grundsätzlich mit so wenig Achtung behandeln müsste. Aber hatte er sie umbringen wollen, als er seine Hand über ihren Mund legte? War seine Hand nur aus Versehen so unter ihre Nase gerutscht, dass sie keine Luft mehr bekam? Oder war es Absicht von ihm gewesen, um sie in wieder neue Sphären der Sexualität zu bringen? Sina war verwirrt, klatschte sich über das Waschbecken gebeugt unentwegt kaltes Wasser ins Gesicht. Sie wurde aus diesem Mann nicht schlau.

KATRIN

Sie sieht Rolf Weitzel bereits auf sie wartend auf halbem Wege zu den Gräbern. Natürlich hat sie das blaue Auto mit dem Babyaufkleber schon gesichtet, dachte allerdings, ihn am Grab anzutreffen. Stattdessen wartet er hier hinter einer Heckenreihe, die an eine kleine Rasenfläche grenzt. In diesem Moment blickt er hinter die Hecke auf den Boden.

»Ja, schau mal, wer da kommt!«

Katrin erwartet einen kleinen Hund hervorspringen. Aber nein, es kommen zwei tapsige Kinderärmchen zum Vorschein und darüber der Kopf eines kleinen Mädchens mit großen neugierigen Augen.

»Ja, wer bist du denn?«, ruft Katrin überrascht und geht instinktiv in die Knie, um der Augenhöhe des Kindes näher zu kommen. Das kleine Mädchen stutzt, blickt sie interessiert an und krabbelt dann auf sie zu. Bald darauf versucht es, sich an ihren Knien hochzuziehen.

»Na, da scheinen sich aber zwei zu mögen«, sagt Rolf Weitzel lachend und kommt hinter der Kleinen her.

»Du bist ja eine ganze Süße.« Und nach oben gerichtet, fragt sie: »Ich verstehe nicht ganz.«

»Sie ist nicht meine Tochter. Das Auto, die Bekannte … Ich bin heute der Babysitter. Ging nicht anders.«

»Aber das macht doch nichts. Ich meine …« Katrin fällt ein, dass sie eigentlich kein richtiges Date haben, sondern ihre verstorbenen Partner auf dem Friedhof besuchen. »Ich meine, Sie wollen doch sicherlich Zeit zum Trauern haben. Soll ich die Kleine so lange nehmen?«

»Das ist schon in Ordnung. Aber wenn Sie möchten und sie einen Moment bei Ihnen bleibt, gern.«

»Wir können ja in Sichtweite spielen.«

»Oh, ich glaube, das ist nicht so gut. Sie bleibt eher bei Ihnen, wenn ich aus dem Blickfeld bin.«

»Ist das so? Wie heißt du denn, meine Kleine?«

»Sagen Sie einfach Pupsi zu ihr. Darauf hört sie am besten.« Rolf zwinkert ihr verschmitzt zu.

»Pupsi? Na, Sie sind mir ja einer. Na dann, Pupsi, ich bin Katrin. Wollen wir hier auf der Wiese bleiben?« Das Mädchen lächelt sie entwaffnend an, Katrins Herz macht einen Sprung.

»Also, dann lasse ich euch mal einen Augenblick allein. Dort in der Tasche sind Kekse, etwas zu trinken und auch eine Windel.« Als Katrin ihm einen erschrockenen Blick sendet, fügt er schnell hinzu: »Keine Angst, bis dahin bin ich wieder da.«

Katrin atmet erleichtert aus. »Nennt er dich deshalb Pupsi, dein Onkel Rolf?« Sie stutzt. Sie hat das erste Mal seinen Vornamen in den Mund genommen. Und es fühlt sich gut an. So vertraut. Kurz muss sie an ihre Fantasien denken. Da hatte sie keinen Namen für ihn. Er war einfach »der andere Mann«. *Und warum habe ich ihn Onkel Rolf genannt? Deine Mutter ist doch nur eine Freundin von ihm.* Bei dem Gedanken an *nur* eine Freundin gibt es einen kleinen Stoß in ihrem Herzen. Könnte die Freundin auch mehr sein als nur *eine* Freundin? Schließlich überlässt sie ihm ihr Mädchen. Und er fährt mit der Kleinen auch noch weg. »Oder ist der Rolf vielleicht dein Papa und er will es aus irgendwelchen Gründen vor mir verschweigen … Ja, da krabbelt ein Marienkäfer. Vielleicht klettert er ja auf deinen Finger.«

Katrin hilft ihr dabei, die Finger ruhig zu halten, und ermutigt sie dabei, die Hand nicht erschrocken wegzuziehen. Als der Käfer schließlich über ihre kleinen Finger krabbelt, kann sie in die glücklichsten Augen des Universums sehen. »Du kleine Maus weißt bisher nichts von den Schicksalsschlägen des Lebens. Dir stehen noch alle Wunder dieser Welt offen.«

Der Marienkäfer öffnet schließlich seinen Panzer, breitet die Flügel aus und schickt sich an loszufliegen. Die Kleine plärrt. »Oh, hast du dich erschreckt?« Katrin schließt sie in die Arme. »Der Käfer hat dich nicht verlassen, er ist nur weitergezogen auf seinem Weg. Wohin auch immer er will.«

Katrin wird nachdenklich. War Paul auch nur auf der Durchreise? Und sie durfte ihn eine Zeit lang genießen wie das kleine Mädchen den Marienkäfer?

»Alles in Ordnung?«, hört Katrin die Stimme von Rolf Weitzel hinter sich. »Ich habe Pupsi schreien gehört.«

»Nichts Schlimmes. Ein Marienkäfer saß auf ihrem Finger und ist schließlich weggeflogen.«

»Na, ich glaube, da gibt es noch einen anderen Grund.« Er nimmt das Kind hoch und schnüffelt an der Windel. »O ja. Pupsi macht ihrem Namen alle Ehre.«

»Heißt das …?«

»Ja. Große Operation. Den Notfallkoffer bitte.«

Katrin reicht ihm die Tasche, Rolf Weitzel langt hinein und holt eine kleine zusammengefaltete Decke heraus. Das Mädchen wird daraufgelegt und untenherum von ihrem Strampler befreit. Sofort quillt ihnen ein Duft entgegen, den es auszuhalten gilt. Katrin beobachtet Rolf Weitzel dabei, wie er mit routinierten Griffen die Windel abnimmt, mit Hygienetüchern den Po reinigt, die neue Windel anlegt und das Kind wieder anzieht. Bei alledem wehrt sich die Kleine kein bisschen. Im Gegenteil, sie quiekt vergnügt. Vielleicht auch, weil Rolf Weitzel bei seiner Arbeit lustige Grimassen schneidet.

Wie toll er das macht, fährt es Katrin durch den Kopf.

»So, Batteriewechsel erfolgt. Der Duracell-Hase kann wieder loshoppeln.«

Katrin ist überrascht über ihren Drang, ihm einen Kuss auf die Wange zu drücken. Aber dieses Zeugnis seiner Fähigkeiten hat etwas Besonderes in ihr ausgelöst. Sie kann sich gerade noch bremsen. *Wie peinlich wäre das denn?* Aber irgendetwas muss zwischen ihnen passieren, sie muss ihren Gefühlen ein Ventil geben. Schließlich legt sie ihm eine Hand auf den Arm und schenkt ihm einen anerkennenden Blick.

Er lächelt sie an. »Wenn wir schon solche intimen Sachen miteinander tun, sollten wir vielleicht zum Du übergehen?«

Intime Sachen miteinander tun … Meint er ihre Berührung oder das Windelwechseln …? Am liebsten würde sie ihn doch küssen. »Ja, vielleicht sollten wir das«, antwortet Katrin nach kurzen Überlegungen.

»Ich heiße Rolf.« Er gibt ihr die Hand.

Katrin legt die ihre in seine. »Und mein Name ist Katrin.«

»Schön. Ich denke, das besiegelt man normalerweise mit einem Kuss, oder?«

O ja, ihn küssen, jubelt ihr Unterbewusstsein. Katrin kann sich beherrschen, beugt sich leicht vor und bietet ihm ihre Wange an. Rolf nähert sich und beide hauchen einen zarten Kuss auf die jeweils dargebotene Wange. Statt sich wieder zu lösen, verweilen sie noch einen Bruchteil länger als üblich und atmen den Duft des anderen. Katrin möchte sich am liebsten gar nicht mehr lösen. Ihr anerzogener Anstand gebietet ihr aber etwas anderes.

»Rolf … und du bist sicher, dass Pupsi nicht dein Kind ist?«

»Absolut. Möchtest du auch noch zum Grab deines Mannes?«

Eine klare Antwort, wenn er auch schnell das Thema wechselt. »Offen gestanden ist mir da gerade nicht nach«, antwortet sie zögernd. Sie hat Angst, dass das hier ein Ende haben könnte. »Wollen wir lieber noch ein Stück gemeinsam gehen?«

»Gern. Sie ist jetzt bestimmt auch müde. Da wird sie einer Ausfahrt im Kinderwagen dankbar zustimmen.«

Die ersten Meter scherzen sie abwechselnd mit der Kleinen in der Karre, bis diese erschöpft von den Abenteuern ihres jungen Lebens einschläft. Danach gehen Rolf und Katrin schweigend nebeneinander her.

»Darf ich dich noch etwas zu deiner Ehe fragen?«, unterbricht Rolf die Stille zwischen ihnen.

»Ja, wenn es dir wichtig erscheint.«

»Na ja, ob es wichtig ist? Mich würde interessieren: Wie ist das so, mit dem Ehepartner zusammenzuarbeiten? In einer Firma.«

»Oh, wir haben nicht im klassischen Sinne zusammengearbeitet. Ich bin hier am Hauptsitz, wo ich mich um die Inlandsgeschäfte kümmere. Und Paul war in unserer Dependance in der Nähe von Münster. Die Anbindung an den nahe gelegenen Flughafen ist dort sehr günstig. Er leitete dort die Angelegenheiten für das Auslandsgeschäft. Natürlich gab es Überschneidungen, aber wir haben nicht Schreibtisch an Schreibtisch gesessen.«

»Aber wie habt ihr euch dann kennengelernt? Während der Meetings?«

»Du willst es aber genau wissen. Nein, wir kannten uns schon vorher. Gymnasium. Abifeier. Dann aus den Augen verloren. Zu einem späteren Zeitpunkt wiedergefunden. Und Peng.«

»Peng. So einfach?«

»So einfach.«

»Aber er war geschäftsführend tätig. Da reicht bestimmt nicht nur ein Peng, oder?«

»Nein, mein Vater mochte ihn schon immer. Er hatte das beste Abitur in der Geschichte des Gymnasiums. Beim Militär gewesen, dann Jura mit summa cum laude. Ich glaube, mein Vater war froh, einen so fähigen Schwiegersohn zu bekommen.«

»Dein Vater hat also zur Hochzeit gedrängt.«

Katrin sieht ihn misstrauisch an. Das war keine Frage. Rolf stellt fest. »Was redest du da? Du kennst doch keinen von ihnen. Weder Paul noch meinen Vater. Und von meiner Liebe zu Paul weißt du auch nichts.«

»Entschuldige, bitte. Das war dumm von mir.«

Sie gehen wieder schweigend nebeneinander her. Katrin hält Rolfs Aussage für unangebracht, muss aber trotzdem darüber nachdenken. Hat ihr Vater sie zur Hochzeit gedrängt? Warum sollte er? Schließlich war sie in Paul verliebt. *War?* Katrin ist erschrocken. Sie hat von ihrer Liebe noch nie in der Vergangenheit gesprochen. Nicht nur das. Rolfs Worte nisten sich ein bei ihr. Ihr Vater, ja, er hatte laut darüber nachgedacht, für welche Position Paul prädestiniert wäre. Sogar vom Fortbestand seiner Lebensleistung hat er geredet. Hatte er ihr die Leitung nicht zugetraut? Sie kannte den Betrieb in- und auswendig. Hatte ebenfalls ein abgeschlossenes Studium. Aber – und so ehrlich will sie gegen sich sein – sie hatte immer den Wunsch, etwas anderes zu machen. Mit benachteiligten Kindern arbeiten. Kindern mit Behinderungen. Sonderpädagogik. Hat ihr Vater das gespürt? Ist er doch feinfühliger, als sie gemeinhin über ihren Vater denkt? Und wenn sie jetzt ganz ehrlich gegen sich ist, hat sie vielleicht gehofft, dass sie mit Paul einen Ersatz in die Familie bringt? Um sich dann doch ihrem Traum widmen zu können?

Katrin spürt, wie ihr der Boden der bisherigen Tatsachen durch ihre eigenen Wahrheiten entgleitet. Diese verworrenen Gedanken machen sie reizbar. Schroff fragt sie Rolf: »Warum interessiert dich das alles?«

»*Du* interessierst mich. Und ich möchte alles über dich wissen.«

Katrin fühlt sich wie auf wilder See hin- und hergeworfen. Gerade ist sie ihm noch böse, jetzt ist sie wieder im Bann dieses Mannes. »Warum?«, fragt sie zögernd nach.

»Um dich besser kennenzulernen.«

Katrin lächelt ihn an. Ist es nicht das, was sie sich erhofft hat? Sein ernsthaftes Interesse an ihr. War sie nicht genauso interessiert an ihm? Ihre Gesichtszüge entgleiten ihr wieder.

»Besser kennenlernen, ja. Ich glaube, ich kenne mich selbst gerade nicht.«

»Dann sind wir ja schon drei, die dich kennenlernen wollen.«

»Ich verstehe nicht?«

»Ich, du und Pupsi.«

»Wieso Pupsi?«

»Na ja, äh, ich dachte, ihr versteht euch gut. Aber was rede ich da? Sie ist ja nicht meine Tochter.«

»Sie ist nicht deine Tochter. Ja, das hast du mir so gesagt.«

»Und so ist es auch.«

Rolf ist sichtlich froh, diese Tatsache noch einmal klar zum Ausdruck gebracht zu haben.

Katrin fragt sich dennoch, was Rolf ihr verheimlicht.

SINA

Meistens trafen sie sich ein oder zweimal die Woche. Da Luke seine beruflichen Verpflichtungen schlecht vorher planen konnte, rief er meistens kurzfristig an. Sina ließ dann ihre Stunde im Sportverein ausfallen oder vertröstete eine Freundin auf einen anderen Termin. So auch an diesem Tag.

»Frauke, ich muss unser Treffen heute leider absagen.«

»Schon wieder?«

»Luke hat sich angekündigt, und ich habe etwas Wichtiges mit ihm zu besprechen.«

»Na gut, aber lass dich nicht so fremdbestimmen. Ist ja schon fast so, als würde er riechen, dass wir uns verabredet haben.«

»Ach, was redest du denn? Er arbeitet eben viel.«

»Tun wir das nicht alle?«

»Ja, aber er hat einen verantwortungsvollen Posten. Da gibt es keine Routine.«

Ihre Freundin schien nicht überzeugt. Wenn sie wüsste, was sie Luke zu berichten hatte, dann würde sie anders reagieren, würde sich mit ihr freuen und sie verstehen. Aber diese Neuigkeiten musste sie erst mit Luke feiern. Dem Vater ihres Kindes.

***

»Ein Kind? Du hast gesagt, du kümmerst dich darum, dass das nicht passiert!«

»Aber, Luke«, flehte Sina, »keine Methode ist vollkommen. Und ehrlich gesagt dachte ich, du freust dich.«

»Du dachtest, du dachtest. Geht das wieder los. Ich kann in meiner Situation kein Kind gebrauchen.«

»Wie redest du denn? Kein Kind gebrauchen? Was für eine Situation?«

»Ach!« Luke machte eine wegwerfende Handbewegung. »Seit wann weißt du es?«

»Der Test war eindeutig. Heute war ich bei der Frauenärztin. Sie hat es bestätigt. Freust du dich denn gar nicht?«

»Worüber soll ich mich freuen? Dass du mir ein Kind anhängst? Ist es überhaupt von mir?«

»Luke!« Sina schossen die Tränen aus den Augen. »Wie kannst du denken, dass es von jemand anderem ist?« Der Tränenschleier legte sich wie ein Duschvorhang vor ihre Augen. »Warum demütigst du mich so? Wir lieben uns doch.«

»Ach!« Luke machte erneut diese wegwerfende Handbewegung. Doch diesmal sagte er nichts weiter. Er machte auf dem Absatz kehrt und verließ schnellen Schrittes Sinas Wohnung.

Sina blieb allein zurück. Geschockt, gedemütigt, ihrer Lebensenergie beraubt. Sie schmiss sich auf das Sofa und drückte ihre weinenden Augen in das Kissen.

***

Zwei Tage lang war sie zu nichts fähig, ließ sich krankschreiben und ignorierte alle Anrufe. Auch die ihrer Freundin. Sie mochte sich dieser Schmach nicht stellen. Wie gern hätte sie ihr die fröhliche Nachricht entgegengeschmettert, dass sie

72

schwanger war und Luke sich sehr freute – und dass sie ein gemeinsames Leben planten. Stattdessen: Luke weg, Zukunft weg, Hoffnung weg.

Wie sollte ihr Leben weitergehen? Würde sie sich noch auf ihre Arbeit konzentrieren können? Zum Glück konnte sie nicht gekündigt werden. Sie könnte Elternzeit nehmen. Aber wie sollte sie danach wieder in den Beruf einsteigen? Vollzeit würde kaum gehen. Aber sie würde das Geld benötigen. Die nächsten Jahre erschienen ihr insgesamt als Horrorvorstellung. Bei all ihren Sorgen ergab sich kein Platz für die Liebe zu ihrem heranwachsenden Kind. Das zog sie noch mehr herunter. Depressiv verbrachte sie mehrere Tage damit, sich vom Bett aufs Sofa und wieder zurück zu schleppen.

Dann rief sie doch ihre Freundin an. Zunächst erklang Freude über die neue Nachricht am anderen Ende der Verbindung. Danach folgten übelste Verwünschungen.

»Was für ein Arsch. Erst schwängert er dich und dann will er es nicht gewesen sein. Dem möchte man doch in seine Bulleneier treten.«

»Frauke, ich bin doch selbst schuld. Ich hätte mit ihm sprechen sollen. Vorher. Und ihn nicht einfach überrumpeln.«

»Nun sieh dich doch nicht als Täterin. Du bist das Opfer! Wenn ein Kerl mit einer Frau schläft, muss er auch damit rechnen, dass was dabei rauskommt.«

»Frauke, sprich nicht so über ihn. Ich bin schuld. Und ich liebe ihn immer noch.«

»Bist du beknackt? Tschuldigung. Gegen deine Emotionen kannst du ja nichts. Aber ehrlich, du weißt, dass ich immer ein schlechtes Gefühl hatte.«

»Das weiß ich. Und es ist mir deswegen schwergefallen, dich anzurufen. Jetzt habe ich es getan und du reagierst genau so, wie ich es erwartet habe. Ich habe mir aber wohl anderes erhofft.«

»Sina, meine Liebe, tut mir leid. Natürlich hast du recht. Wie kann ich nur rumschimpfen? Du bist in einer Scheißsituation. Ich sollte besser fragen, wie kann ich dir helfen? Kann ich?«

»Sei einfach nur für mich da.«

»Das werde ich sein. Versprochen.«

***

Nach einer Woche stand Luke überraschend bei ihr vor der Tür. Er drängelte sich an der verdutzten Sina vorbei und wartete, bis sie die Haustür geschlossen hatte.

»Es tut mir leid, Sina. Hör zu, ich war wie von Sinnen. Fühlte mich überrumpelt. Ehrlich, ich freue mich für dich. Und ich bedurfte der Zeit, um darüber nachzudenken.«

Sina konnte ihr Glück kaum fassen. Er war wieder da. Hatte sich für sie und ihr Kind entschieden. Sie schlang ihre Arme um seinen Hals und küsste ihn hingebungsvoll. »Ich freue mich wahnsinnig, dass du da bist. Glaube mir, ich date keine anderen Männer, ich habe nur dich. Schlaf mit mir!«

Luke ging darauf ein, verwöhnte sie liebevoll und vorsichtig. »Darf ich denn überhaupt in dich eindringen? Jetzt, wo …«

»Dummerchen, natürlich darfst du. Tu es bitte. Lass es uns noch einmal zeugen, mit vollem Bewusstsein.«

Sinas Absicht war, dass Luke sich danach besser auf die Vaterschaft einstellen könnte. Und Luke schien dem Gedankengang zu folgen. Sina ließ sich in der Missionarsstellung nehmen, geilte ihn auf, indem sie mit ihren Brüsten spielte und ihm aufmunternde Blicke zuwarf. Wenn er jetzt in ihr kommen würde, dann bräuchte sie auch kein schlechtes Gewissen haben, dass sie ihn ohne sein Wissen überrumpelt hatte.

Und er kam in ihr. Mit einem gewaltigen Orgasmus entlud er sich. Wenn das nicht der Beweis war, dass er ihr gemeinsames Kind auch wollte? Sina war glücklich.

»Hör zu, ich werde natürlich für euch sorgen. Ich zahle

dir genug Geld, damit du, wenn es so weit ist, nicht mehr arbeiten musst.«

»Luke! Ich glaubte, wir würden eine richtige Familie werden?«

»Ich werde weiterhin für dich, für euch da sein. Ich komme ganz bestimmt zweimal die Woche vorbei, und dann sind wir eine Familie. Aber du weißt doch, meine Arbeit verlangt mir viel ab. Ich bin viel auf Reisen. Wir machen Geschäfte auf der ganzen Welt. Und ich muss mich auf meine Arbeit konzentrieren. Da lenkt mich eine richtige Familie nur ab.«

Sina war am Boden zerstört. So hatte sie sich das nicht gedacht. Konnte sie Luke durch das Kind nicht fester an sich binden? »Aber es ist auch dein Kind. Verlangst du einen Vaterschaftstest?«

»Wozu? Ich zahle doch. Ich werde auch noch eine Lebensversicherung zu deinen Gunsten abschließen, sollte mir etwas zustoßen.«

»Was soll dir denn zustoßen?«

»Weiß ich nicht. Aber als Jurist kann ich nur zuraten, alle Eventualitäten zu bedenken.«

»Im Klartext heißt das, wir werden nicht zusammenziehen?«

***

Sinas Enttäuschung war groß und vergrößerte sich noch, als Luke ewig nicht bei ihr vorbeikam und auch keine Verabredung zu einer Unternehmung mit ihr traf. Sie telefonierten lediglich sporadisch miteinander. So wie Luke es wollte. Wenn sie anrief, war in der Regel das Telefon besetzt oder er nahm das Gespräch nicht an. Wenn er anrief, ging es eher darum, welchen Stress er bei der Arbeit hatte und wie oft er unterwegs war – und dass ihm die Entspannung fehlte.

»Aber, Luke, wir könnten zusammenziehen. Ich würde dir ein behagliches Zuhause bieten, in dem du dich nach anstrengender Arbeit erholen kannst.« Sina wollte ihm alles geben und selbst auf vieles verzichten, wenn sie bloß eine zentrale Rolle in seinem Leben spielen konnte. Sie wollte es nicht verstehen, dass er nicht darauf einging.

Er besuchte sie erst wieder, als sie bereits ein stattliches Bäuchlein vorzuweisen hatte. Sie ließ ihn ihren Bauch streicheln und sprach, dass man es schon strampeln fühlen konnte. Sina wäre gern mit ihm intim geworden, aber Luke sträubte sich auf unbekannte Art. Mochte er sie nicht mehr? Oder war es eher ein Schutzreflex, den Männer ausbildeten, wenn sie eine schwangere Frau sahen? Unter dem Gesichtspunkt wollte sie es ihm nicht übel nehmen. Zumal er ihr versicherte, welch große Rolle sie in seinem Leben spielte und dass sie sein Anker sei, der ihm Halt geben würde.

***

Drei Wochen vor dem Geburtstermin entdeckte sie auf ihrem Kontoauszug einen für sie beachtlichen Betrag, der mit »Zuwendung« offenbar als Dauerauftrag eingerichtet worden war. Luke hatte sein Versprechen gehalten. Wenn er sein Kind erst einmal gesehen hat, wird er sich schon für uns entscheiden, dachte Sina, mehr aus Hoffnung, denn aus Überzeugung.

KATRIN

Katrin stellt die Blümchenvase ihrer Großmutter wieder auf die Anrichte. Eben wollte sie sie noch im Nebenzimmer verstecken, es soll nicht altbacken bei ihr aussehen. Andererseits war ihre Großmutter ein wichtiger Teil ihres Lebens und diese Vase erinnert sie immer an sie. Diese herzensgute Großmutter war ihr Zufluchtsort, wenn ihre Eltern mal wieder zu streng mit ihr waren. Und wenn die Erfahrungen mit ihrer Großmutter zu ihrem Ich, ihrer Persönlichkeit dazugehören, dann sollte die Vase auch stehen bleiben.

Auf ihrem Weg von hier nach dort und wieder zurück wirft sie immer wieder einen Blick aus dem Fenster, von dem sie die Auffahrt überblicken kann. Sie kontrolliert aufs Neue ihre Wohnung: Ist alles aufgeräumt, steht alles bereit, ist alles sauber und einladend? Ihr Gast soll sich wohlfühlen und eine gute Meinung von ihr haben.

Nachdem sie den Mut gefunden hat, Rolf zu fragen, ob er sie gern wiedersehen würde, und er lächelnd mit Ja geantwortet hat, ist sie euphorisch wie lange nicht mehr. Oder war sie überhaupt je so euphorisch? Mit Paul war es schön und erfüllend, aber auch zu verlässlich und berechnend. Mit Rolf schien alles auf einer anderen Ebene abzulaufen. Sie fühlt sich wie ein Teenie bei ihrem ersten Verliebtsein. Flatterndes Herz, rasender Puls. Sogar geduscht hat sie vor circa einer Stunde. Es könnte ja vielleicht sein, dass sie sich sehen, sich plötzlich in den Armen liegen, sich die Kleider vom Leib reißen und wunderbar einfallsreichen, unkonventionellen Sex haben.

Ihr schießt das schreckliche Traumbild von Paul wieder in den Sinn: diese raubtierhaften Augen. Wollte er ihr damit eine Warnung schicken? Ach, Unsinn. Paul ist tot. Bereits über ein Jahr. Sie muss auch an sich denken. Und dass sie wieder beginnen muss zu leben. Natürlich ist es Unsinn, ernsthaft anzunehmen, dass Rolf sie gleich in seine Arme zieht. Aber es ist schön, sich das vorzustellen. Träumen wird man ja wohl noch dürfen. Und wenn man kein Ziel, keine Vorstellung davon hat, wo man eigentlich hinwill, dann wird es von vornherein nichts. Einer der Leitgedanken ihres Vaters als Unternehmer.

Katrin tanzt nach dem Lied *Love Is In The Air*, welches gerade im Radio läuft, durch die Wohnung. Übertrieben zappelnd schleudert sie die Gedanken an Paul von sich, verfällt bald in weiche, fließende Bewegungen und stellt sich Rolfs Augen vor. Augen, die ihr bisher unergründlich scheinen. Sie kann so vieles hineininterpretieren, während er mit ihr spricht. Mal haben sie einen forschenden, fragenden Ausdruck, dann wieder einen wissenden. Aber auch etwas Liebendes, Begehrendes liegt darin. Für heute wünscht sie sich den liebenden, begehrenden Blick. Sie schließt die Augen, spürt ihren sanften Bewegungen im Tanz nach. Ihre Arme legen sich um ihren Körper, als wären es seine. Ihre Hände streicheln über Arme und Körper, wo sie hingelangen können. Ach, wenn Rolf sie so in die Arme schließen könnte, wenn seine Hände sie so streicheln könnten, sie würde sich fallen lassen in diese Geborgenheit, die sie bei ihm erwartet. Er strahlt es aus. Mit jeder Faser, mit jeder Geste, mit jedem Satz strahlt er es aus: *Du darfst dich bei mir geborgen fühlen.* Und wie lange hat sie dieses Gefühl nicht mehr erleben dürfen. Sich geborgen fühlen, sich geborgen zu fühlen in den Armen eines starken Mannes, der ihr Halt und Wärme gibt. Katrin muss an das kleine Mädchen in seiner Obhut denken. Auch sie hat sich geborgen gefühlt in seiner Nähe. Und Kinder haben ein untrügliches Gespür dafür, wem sie vertrauen dürfen.

Der Motor eines Autos älteren Baujahrs schwillt an, hält kurz die Lautstärke und erstirbt dann. Das muss Rolf sein. Er ist vorgefahren und parkt unten an der Straße. Katrin blickt aus dem Fenster. Sie kann hinter den Büschen, die das Grundstück umfrieden, einen Mann sehen, der geräuschvoll die Autotür schließt. Aber erst als er den Weg zum Haus heraufschreitet, kann sie ihn sicher ausmachen. Es scheint, als habe er ein wenig mehr Augenmerk auf sein Äußeres gelegt. Zumindest sieht seine Kleidung, die sich eigentlich nicht vom vorherigen Stil unterscheidet, gepflegter aus. Warum bemerkt sie das? Findet sie das gut? Katrin stellt ehrlich für sich fest, dass es sie eher stört. Ist es doch gerade seine unkonventionelle Art, die ihn von Paul unterscheidet und damit so anders und interessant macht. Strebt da gerade die kleine Revoluzzerin in ihr hoch, die sie als Jugendliche nie war? Immer angepasst an den Status quo, den ihre Eltern und die Gesellschaft, in der sie verkehrten, vorgaben?

Rolf trägt einen kleinen Blumenstrauß in der Hand. Wie süß, denkt sie und geht zur Eingangstür, um ihn hereinzulassen. Soll sie ihm bereits die Tür öffnen, bevor er dort angelangt ist? Würde sie damit Bedürftigkeit ausstrahlen? Sollte sie lieber warten, bis er klingelt, und dann erst mit einer gewissen Verzögerung öffnen? So ein Quatsch. Nicht diese Spielchen. Sie freut sich auf ihn und das darf er gern erfahren.

»Hallo, du bist pünktlich, wie schön. Oh, sind die für mich? Danke.«

»Nein, ich dachte, es wäre angebracht, etwas für die Mutter zur Beschwichtigung mitzubringen. Schließlich bin ich ein fremder Herrenbesuch.« Rolf lächelt sie schelmisch an und überreicht ihr den Strauß.

»Oh, meine Mutter würde solche Geste in der Tat wohlwollend aufnehmen, aber glaube mir, in Sachen Benehmen und Etikette würdest du in ihren Augen meinem verstorbenen Mann ohnehin nicht das Wasser reichen können.« Katrin bemerkt Rolfs Blick, der sich geschlagen nach unten richtet. »O nein, nicht. Das soll keine Kritik sein. Es ist nur … du bist einfach anders … und das ist gut so. Bleib bitte so.« Rolfs Blick richtet sich wieder auf sie, ein Blick direkt in ihre Augen. Und es ist ihr, als würde er direkt durch ihre Augen in ihr Gehirn sehen und dort ihre geheimsten Wünsche entdecken.

»Darf ich hereinkommen?«

»O ja, wo bin ich nur mit meinen Gedanken. Wie unhöflich von mir.«

»Das ist schon in Ordnung. Das macht dich sympathisch, diese Selbstvergessenheit.«

Rolfs süffisantes Grinsen lässt sie erröten, weswegen sie sich schnell abwendet und ihm voran ins Wohnzimmer geht.

»Schön hast du es hier«, stellt Rolf anerkennend fest, nachdem er seinen Blick in die Runde hat schweifen lassen.

»Ja, trotzdem denke ich, ich sollte etwas verändern. Es ist vieles dabei, was mich an Paul erinnert.« Katrin atmet hörbar ein und wieder aus und ergänzt dann: »Eigentlich alles.«

»Denkst du denn, dass du über ihn hinweg bist? Spürt man diesen Punkt?«

»Ich denke schon, dass es an der Zeit ist und ich diesen Punkt gerade fühle. Entschuldige bitte. Dein Verlust ist noch kein Jahr her und dir muss das alles komisch vorkommen … Ich meine, das mit uns … Ich lade dich zu mir nach Hause ein. Du musst sonst was von mir denken.«

»Muss ich das?«

Katrin fühlt sich durch diese knappe Gegenfrage als Antwort bereits wieder verunsichert. »Ich mache uns einen Kaffee, oder möchtest du lieber Tee? Ich kann auch beides machen. Ich habe uns Kuchen besorgt, ich hoffe, du magst Kuchen.«

»Ja, gern.«

Wieder eine knappe Antwort. Auf welche Frage? Sie hat ja auch zu viele auf einmal gestellt. »Sieh dich ruhig um!« Damit verschwindet sie in die Küche, um Kaffee und Tee zuzubereiten.

Durch die offene Verbindung zwischen Küche und Wohnzimmer kann sie Rolf beobachten. Er sieht sich gerade die Fotos von Paul an, die sie auf der Anrichte ausgestellt hat. Alte Fotos, Fotos von der Hochzeit, Fotos von Urlauben, Fotos bei der Arbeit. Das letzte war ein paar Monate vor seinem Unfall aufgenommen worden. Ein Großteil ihres Lebens breitete sich so vor Rolfs Augen aus. Ist das gut? Hätte sie die Bilder lieber wegräumen sollen? Irgendwie kommt ihr das wie Verrat vor. Schließlich ist oder *war* Paul ein wichtiger Baustein in ihrem

Leben.

»Dein Paul macht einen netten Eindruck. War er immer so … nett?«

Katrin hört seine Frage halblaut in ihre Richtung gesprochen. Was ist das für eine Frage? Ist sie nicht zu intim? Gibt es nicht in jeder Ehe auch schwierige Zeiten? Aber wenn sie darüber nachdenkt: »Nein.«

»Wie nein? Er war nicht immer nett?«

»Äh, nein. Ich meine, wir hatten keine Schwierigkeiten. Es gab keinen Streit.«

»Nie?«

»Nie. Ich kann mich nicht erinnern.«

»Das hört sich für mich an, als ob du diejenige warst, die immer nachgegeben hat. Er bekommt, was er will. Er ist glücklich und immer nett.«

»Wir hatten wirklich keine Meinungsverschiedenheiten. Und nein, ich habe nicht immer nachgegeben. Die Frage stellte sich gar nicht. Er war immer auf einer Wellenlänge mit mir. Deshalb habe ich ihn so geliebt.« Katrin legt ein wenig Nachdruck in ihren letzten Satz, um einen Schlusspunkt zu setzen. Denn gegen die Liebe kann letztlich nichts ankommen. Kein Argument könnte ihre Liebe ins Wanken bringen, auch wenn es einer gewissen Logik nicht entbehrt.

Während sie Kaffee, Tee und Kuchen samt Tassen und Tellern auf dem Couchtisch verteilt, unbewusst die Gedecke etwas weiter auseinanderstellend als ursprünglich geplant, denkt sie darüber nach. War es wirklich normal, dass sie weder gestritten hatten noch jemals unterschiedlicher Meinung waren? Und wenn es nicht normal war, war es übernatürlich, vielleicht schon magisch? Woran lag es, dass sie immer einer Meinung waren? Sie hat nicht nachgeben müssen. Hat er oft nachgegeben? Um des lieben Friedens willen? Aber warum sollte er das getan haben? Er war ein intelligenter Mann, Jurist, entscheidungsfreudig. Sie würde über diese Frage noch einmal nachdenken. Aber jetzt nicht. Jetzt ist Rolf da.

»Setz dich doch bitte.«

Rolf ist so taktvoll, zu diesem Thema nicht weiter zu insistieren, und lenkt in folgenden Gesprächen die Themen auf unverfänglicheres Terrain, indem er etwas von Pupsi erzählt oder Anekdoten aus seinem Schulalltag. In jedem Fall schwingt immer eine Achtung und Liebe zu den Kindern mit, sodass Katrin den anfänglichen Unmut vergisst und fasziniert an der Person hängt, die an ihrem Kaffeetisch sitzt. Unbewusst schiebt sie ihr Gedeck immer ein Stückchen dichter zu seinem Platz.

Rolf erzählt witzig und charmant, berücksichtigt die Tatsache, dass sie keine Kinder hat, bringt zugleich immer wieder ein, welchen Narren das kleine Mädchen an ihr gefressen habe. Katrin fühlt sich geschmeichelt und als Frau auf einer ganz anderen Ebene angesprochen. Ganz anders, als es Paul je vermochte. Nicht, dass das Thema Kinder nie eine Rolle zwischen ihnen gespielt hätte, aber eine Schwangerschaft wollte sich nicht einstellen. Und als Paul bald das Ergebnis bekam, dass er zeugungsunfähig sei, war es ohnehin ein Thema, das nicht mehr angesprochen wurde. Höchstens mal von ihrem Vater, der von einem Erben sprach. Die Information, dass es nie klappen würde, enthielten sie ihm allerdings vor. Und nun war Paul tot und die Unmöglichkeit, Nachwuchs zu zeugen, müsste nie an ihres Vaters Ohren dringen.

Rolf erzählt von den sportlichen Jungs an der Schule, die schon früh versuchten, den Mädchen zu imponieren. Oder über junge Mädchen, die Angst haben, ein paar Schweißtropfen könnten ihre schüchternen Versuche, Schminke zu benutzen, in ein Horrorszenario verwandeln. Er berichtet von den unsportlichen Kindern, die er aber nicht aufgibt, sondern zu motivieren versucht, indem er für sie passende Übungen anbietet. Er erzählt von anderen, deren sportliche Talente er gern gefördert sähe, was die Schulen in Deutschland aber nicht bieten könnten. Und so würde die Entwicklung der Kinder maßgeblich von dem Einsatz der Eltern abhängen.

Diese Themen sind für Katrin so anders als das, was sie all die Jahre beschäftigt hatte: Vertragsabschlüsse, Rechtsstreitigkeiten, Steuern, Finanzen. Nebenbei funktionierte ihre Ehe meistens mittwochs und am Wochenende. *Funktionierte ihre Ehe? Oder funktionierte sie?* Warum kommen ihr jetzt ständig diese Zweifel? Rolf bringt ihr eine ganz andere Welt nahe. Das echte Leben. Kinder. Kinder auf ihrem Weg zu glücklichen und gutherzigen Menschen zu begleiten – war das nicht immer ihr Traum gewesen? Die Lebenswünsche ihrer Jugend kriechen wieder hervor, überwältigen sie geradezu. Ihr kommt es vor, als ob sie sich ihr bisheriges Leben lang selbst betrogen hätte. Bei der Vorstellung, mit Kindern zu arbeiten, durchströmt sie mit einem Mal solch ein Glück, dass sie gar nicht realisiert, wie sie an Rolf heranrückt, eine Hand an seine Wange legt, ihn zu sich zieht und küsst.

SINA

»Hallo, Luna, ich bin es, dein Papa.«

Sina lauschte an der Tür zum Schlafzimmer. Ihre Tochter hatte sie in eine Wiege gebettet, die neben ihrem Bett stand. Luke schien sich mit dem Gedanken, Vater zu sein, letztlich doch anzufreunden. Auch wenn er es ungern ihr gegenüber zugab. Aber die Worte, die sie eben gehört hatte, waren eindeutig.

»Das hast du wirklich perfekt hinbekommen. Luna ist ein entzückendes kleines Mädchen.« Luke umfasste Sina von hinten, als er zurück in die Küche kam.

»Dazu gehören immer zwei. Und bei deinen Genen kann ja nur etwas Hübsches herauskommen.«

»Quatsch, ich denke, sie kommt ganz nach dir.«

»Dann will ich hoffen, dass sie nicht so fett wird wie ich.«

»Du bist doch nicht fett.«

»Sie dir meinen Bauch an. Jetzt ist die kleine Maus draußen und trotzdem bin ich noch rund.«

»Du übertreibst.«

»Ich habe mich zur Rückbildungsgymnastik angemeldet.«

»Dafür gibt es extra Gymnastik?«

»Ja. Und außerdem würde ich mich gern mit anderen Müttern austauschen.«

»Und wer passt in der Zeit auf Luna auf?«

»Möchtest du das nicht übernehmen?«

»Du weißt, ich habe wenig Zeit.«

»Ich habe dir ja noch gar nicht erzählt, wann das ist. Aber keine Angst. Ich habe Frauke gefragt.«

»Frauke? Diese angeblich beste Freundin von dir?«

»Ja. Hast du etwas gegen sie?«

»Na ja, ich wüsste schon gern, wem du Luna anvertraust.«

»Weil sie auch deine Tochter ist, verstehe.«

»Das ist es nicht. Ich gehe nur alle Eventualitäten durch.«

»Was denn für Eventualitäten?«

»Diese Frauke hat keine Kinder, oder?«

»Nein, ist das wichtig?«

»Und sie ist ein paar Jahre älter?«

»Ja, fünfunddreißig.«

»Und sie hat keinen Mann.«

Sina fiel auf, dass er das nicht fragte, sondern als Tatsache in den Raum stellte. Worauf wollte er hinaus? »Nein, sie ist nicht verheiratet, hat selbst keine Kinder und ist schon etwas älter. Was soll das alles?«

»Na ja, bei Frauen spielen manchmal die Hormone verrückt. Keine Kinder, etwas älter. Da kann leicht mal was durcheinandergeraten.«

»Du meinst, sie könnte Luna entführen wollen?« Sina verdrehte die Augen bei so viel Fantasie.

»Wie gesagt, ich spiele nur Eventualitäten durch.«

»Eventualitäten. Ich weiß nicht, was ich davon halten soll.«

»Es sind nur Gedanken.«

Sina wollte nicht verstehen, was Lukes Einwände gegen Frauke sollten. Trotzdem ging sie wie von unsichtbarer Hand geführt zur Wiege und prüfte, ob es ihrer Tochter gut ging. Unter keinen Umständen würde sie zulassen, dass ihrer Luna etwas passierte.

Ausgerechnet Frauke. Nein. Auch wenn sie es ihr erst spät anvertraut hatte, hatte sie sich so darüber gefreut, dass sie schwanger war. Hatte sie sich eventuell zu sehr gefreut? Und hatte sie nicht einmal gesagt: *Ohne Mann werde ich wohl nie schwanger werden. Da muss ich mir schon ein Kind klauen.* Das war natürlich im Scherz gemeint. So etwas würde sie nie tun. Oder?

Die Zweifel nagten sich langsam tiefer in ihr Unterbewusstsein.

Luke war ein schlauer Mann. Jurist. Hatte viel Lebenserfahrung. Hat er etwas in Frauke gesehen, was ihr verborgen geblieben war oder sie nicht erkennen wollte? Luke und Frauke waren sich nur einmal kurz begegnet. In der Stadt. Frauke war nicht begeistert von ihm. Erklären konnte sie es aber nicht, es sei nur so ein Gefühl, wie sie sagte. Aber Frauke sollte ihn ja auch nicht lieben. Von daher fand sie ihre Kritik überzogen. Und wenn sie ihn nicht mochte, warum hatte sie sich dann so über die Schwangerschaft gefreut? Das passte auch nicht zusammen. Bei Luke hegte sie keinen Zweifel. Er war der

Vater ihres Kindes, damit war er an sie gebunden. Und alles andere würde sich fügen.

Sie waren lange nicht intim miteinander gewesen. Luke hatte offenbar Angst gehabt, er könnte das Kind in ihrem Bauch verletzen. Einerseits total dämlich, andererseits sehr rücksichtsvoll. Und außerdem irgendwie süß, fand Sina. Aber jetzt war Luna auf der Welt.

»Komm her, ich möchte dir etwas zeigen.« Sina klopfte mit der Hand auf die freie Sitzfläche neben sich. Luke setzte sich zu ihr aufs Sofa und Sina knöpfte ihre Bluse auf. Pralle Brustansätze zeigten sich. »Möchtest du mal sehen, wie ich mich verändert habe?« Sie knöpfte ihre Bluse ganz auf, ließ sie nach hinten über ihre Schultern gleiten und öffnete ihren Still-BH. Groß und rund fiel die linke Brust heraus. Der Warzenhof schien größer und dunkler, ihr Nippel war länger. Steif vor Erregung streckte er sich Luke entgegen. Sina konnte es kaum erwarten, dass er mit seiner Zunge daran spielte, dass er daran saugte. Sina legte beide Brüste frei und wölbte sie ihm sehnsüchtig entgegen.

Luke streckte zögernd seine Hände nach ihnen aus, umfasste sie, wog sie, bekam leuchtende Augen dabei. Sina fasste ihn am Hinterkopf und zog ihn an ihre Brust. Als sich seine Lippen über ihre Warze stülpten, spürte sie die Erregung zwischen den Beinen. Wie hatte sie das vermisst! Wie hatte sie gezweifelt, ob er sie überhaupt je wieder ansehen würde! Und jetzt war er da. Dieser Mann und dieser Moment. Sie musste ihm zeigen, dass sie immer noch attraktiv für ihn sein konnte. Vielleicht noch mehr als vor ihrer Schwangerschaft.

»Lass sehen, was es mit dir macht.« Und schon nestelte sie an seinem Hosenbund. Er verstand, erhob sich vom Sofa und streifte seine Hosen ab. »Zieh dich ganz aus, mein schöner Mann.« Er gehorchte, stand kurz darauf mit seinem trainierten Körper vor

86

ihr. Sein Schwanz erigierte zur vollen Größe, reckte sich ihr entgegen. Sina beugte sich vor, umfasste seine Lanze und zog ihn zu sich heran, bis Luke sich auf dem Sofa über sie kniete. »Soll er ruhig auch ihre Bekanntschaft machen.« Sie legte ihre vollen Brüste um seinen Schaft und begann, ihn zu massieren.

Luke stöhnte wohlig auf. Jetzt hatte sie ihn so weit. Er würde wieder Gefallen an ihr finden.

Luke unterstützte mit entsprechenden Hüftbewegungen die Reibung zwischen Sinas Brüsten. Sina fasste mit beiden Händen fest seine Pobacken. Sie fühlte seine Muskeln, wie sie sich bei jeder Bewegung anspannten und entspannten. Sie nahm seinen Rhythmus auf, unterstützte ihn und bekam immer mehr das Gefühl, die handelnde Person zu sein.

Zu oft hatte Luke die Führung übernommen. Hatte sie zu Praktiken gezwungen, die ihr nicht behagten. Er hatte offenbar seine besondere Lust daran, sie zu unterwerfen. Und sie fügte sich seinen sexuellen Vorlieben. Aber es ging auch anders. Und heute war sie die Verführerin, die ihm ihren Busen präsentierte, die seinen Schwanz zwischen ihre Brüste klemmte. Sina fühlte sich gut in ihrer Rolle. Sie beugte ihren Kopf vor und streckte ihre Zunge heraus. Immer wenn er seinen Penis durch ihre Brüste vorschob, versuchte sie, seine Eichel mit der Zungenspitze zu necken. Es machte ihn scharf, das war eindeutig wahrzunehmen. Hauptsache, er möge nicht in ihrem Mund abspritzen. Das blieb weiterhin mit einem gewissen Trauma behaftet. Und heute wollte sie die Regeln diktieren. Deshalb gab sie ihm verbal ein anderes Ziel vor.

»Ja, bitte, spritz mir zwischen die Brüste.« Sie legte den Kopf in den Nacken, um ihm ihr Dekolleté anzubieten. Luke schien noch nicht so weit zu sein oder hatte noch Hemmungen bei ihr als frisch Gebärende. »Komm, fühl meine dicken Titten. Wichs deinen Schwanz zwischen ihnen und gib's mir.« Sina hörte sich diese Sätze sagen, als würde sie immer so sprechen. Und sie gefiel sich in dieser Rolle. »Los, spritz mich voll. Lass alles raus aus deinem dicken Schwanz. Lass mich sehen, was sich angestaut hat. Los, komm!«

Mit den Händen um seinen Po trieb sie ihn an. Luke schien seinem Orgasmus nahezukommen. Er kämpfte, er schwitzte, seine Bewegungen hatten eine höhere Frequenz bekommen. Immer schneller ließ er seinen Penis durch ihre Brüste gleiten. Schweißtropfen rannen von seiner Stirn, tropften auf Sinas Dekolleté, jedoch kein Sperma, wie sie erwartet hatte. Sie legte sich noch einmal ins Zeug, leckte mit der Zunge verführerisch über ihre Lippen, stöhnte geil auf und blickte ihm herausfordernd in die Augen.

Aber Luke schien nicht zum erlösenden Punkt zu kommen. Unvermittelt verharrte er in seiner Bewegung. Die Augen starr auf einen Punkt an der Wand gerichtet. Das Gesicht komisch verzerrt. Er löste seine Hände von ihren Brüsten. Sina sah, wie sein Penis erschlaffte und müde vor ihr einknickte. Dann ging alles ganz schnell. Luke sprang vom Sofa, raffte seine Sachen und stürzte in den Flur, wo er sich vor ihren Blicken verborgen in Windeseile anzog. »Aber, Luke, das kann doch passieren. Das ist doch nicht so schlimm.«

Doch Luke wollte sie nicht mehr hören. Sie vernahm, wie er die Wohnungstür öffnete, um sie anschließend mit einem Rumms hinter sich zuzuschlagen.

War es tatsächlich nicht schlimm, dass er nicht kommen konnte? Diese Frage grub sich in Sina ein. Ihre Antwort lautete schließlich: Doch, das war es! War sie für Luke nicht mehr attraktiv genug? Konnte er sich nicht mehr an ihrem Körper aufgeilen? Genügte sie ihm nicht mehr?

Dann hörte sie Luna schreien und ihr traten Tränen in die Augen.

Nachdem Luke so fluchtartig ihre Wohnung verlassen hatte, plagten Sina existenzielle Zweifel. Ihr Lebenstraum, mit Luke eine Familie zu gründen, geriet immer mehr ins Wanken. Warum auch gerade Luke?

Er sah gut aus. Was ihr natürlich eine besondere Befriedigung brachte, wenn sie mit ihm gesehen wurde. Aber seit ihrer Schwangerschaft waren sie nur noch selten gemeinsam ausgegangen. Und wenn, dann war er mit ihr weiter weggefahren, wo sie niemanden kannte und im Gegenzug sie auch nicht erkannt werden konnte. Somit blieb sie mit ihrer gut aussehenden Begleitung unbeachtet.

Er hatte Geld. Was sie sich nicht als einen ernst zu nehmenden Grund eingestehen wollte, jetzt, da sie von ihm Unterhalt bezog. Wäre sie auch an ihm als Lebenspartner interessiert gewesen, wenn er keinen guten Verdienst gehabt hätte? Sina wollte diese Frage für sich nicht ehrlich beantworten, sonst hätte sie sich eingestehen müssen, dass sie vermögensbezogen dachte.

Er hatte Manieren. Was ihr am Anfang sofort aufgefallen war, als er sie auf dem Wochenmarkt ansprach und sie anschließend auf einen Kaffee einlud. Auch wenn er sie bei ihrem ersten richtigen Date zunächst warten ließ, so hatte er sie stets über seine Verzögerung unterrichtet und sie im Restaurant umsorgen lassen. Aber was war mit seinen Manieren beim Sex? Sie war nicht mit allen Praktiken einverstanden und doch ließ sie es mit sich geschehen. Müsste ein Mann mit Manieren nicht nachfragen, ob es okay für sie war? Und wie verhielt er sich ihr und ihrer Tochter gegenüber? Hätte ein Mann mit Manieren sie nicht heiraten müssen?

Hier stockte Sina. Denn ihr war schmerzlich bewusst, dass sie Luke willentlich getäuscht hatte. Sie hatte das Thema Familie nie angesprochen und sich ohne sein Wissen schwängern lassen. Nein, wenn einer von ihnen keine Manieren hatte, dann ja wohl sie!

Und jetzt hatte er auch noch überstürzt ihre Wohnung verlassen. Nicht nur, dass er sie während der Schwangerschaft nicht einmal angefasst hatte … In ihr wuchs nun die Erkenntnis, dass sie ihm nicht mehr genügte. Nicht als Ehefrau, nicht als Mutter seiner Tochter, nicht mal als Partnerin im Bett.

Liebte sie ihn noch? Das war ja das Verrückte. Ja. Sie liebte ihn mit jeder Faser ihres Leibes und jeder Schwingung ihrer Seele. Luke konnte trotz allem immer wieder diese Saiten in ihr klingen lassen und ihr versichern, dass sie eine wichtige Rolle in seinem Leben spielte. Ebenso, dass er sich prinzipiell ein Heim wünschte, durchaus mit ihr, aber eben noch nicht jetzt, und er habe so viel zu arbeiten und reise so oft in der Welt herum. Außerdem versicherte er ihr immer wieder, wie schön und aufregend der Sex mit ihr sei. Er hatte ihr sogar einmal gestanden, dass er sich nur bei ihr so frei fühle und seiner Sexualität so ungezwungen nachkommen könne. Bei anderen Frauen hatte er häufig nicht kommen können, und das sei für ihn peinlich gewesen, auch gegenüber den Frauen, die sich dadurch negativ bewertet gefühlt hätten. Und jetzt war ihm das Gleiche bei ihr passiert, dachte Sina. Aber bei ihr musste es ihm doch nicht peinlich sein. Sie wusste doch darum. Weshalb rannte er einfach davon? Wieso durfte sie nicht mit ihm darüber reden? Aus welchem Grund kuschelte er sich nicht an sie, freute sich über ihre Zweisamkeit und die Berührung ihrer nackten Leiber? Hatte er einen falschen Stolz in dieser Sache? Sie würde ihn jedenfalls nie im Hinblick auf seine sexuelle Schwäche verstoßen. Sie würde nicht so sein wie seine anderen Frauen vor ihr. Sie würde als zuverlässige Partnerin an seiner Seite bleiben.

Wenn er sich nur wieder melden würde. Bei dem Gedanken, dass er es vielleicht nicht täte, schossen ihr erneut die Tränen aus den Augen.

KATRIN

In dem Moment, als sie Rolf küsst, wacht sie aus ihrem Gefühlschaos auf. »Oh, entschuldige. Ich weiß gar nicht, was in mich gefahren ist.« Sie rückt wieder ein Stück ab und sortiert ihre Hände auf dem Schoß.

»Du musst dich nicht entschuldigen. Ich fand es sehr schön. Und du wirst deinen Grund gehabt haben.« Rolf sieht sie auffordernd an, sich zu öffnen.

»Ich ... ich weiß auch nicht ... es ist alles so verwirrend. Ich denke gerade über so vieles nach.« Katrin kann nicht weiterreden. Sie weiß nur, dass gerade alles in Aufruhr gerät und sie ihr bisheriges Leben hinterfragt.

»Du musst mir nichts erklären, wenn du nicht magst. Ich glaube zu wissen, was es ist. Und möglicherweise bin ich nicht ganz unschuldig daran.«

»Du? Wieso?« Natürlich ist ihr bewusst, dass seine konkreten Fragen einiges ausgelöst haben. Aber kann ihm das ebenso ersichtlich sein?

»Wenn es dir hilft, darfst du mich gern noch einmal küssen.«

Dabei zielt Rolfs Blick derart in ihr Herz, dass sie schlucken muss. Bevor sie sich besinnen kann, schwebt Rolfs Gesicht bereits vor ihr und wartet auf ihre Entscheidung.

Soll sie diese zwei Zentimeter überwinden? Was würde daraus folgen? Ehe die Gedanken über ihr einzustürzen und sie zu verschütten drohen, schließt sie die Augen und sucht den Kontakt zu seinen Lippen. Diesmal nimmt sie diesen Kuss mit allen Sinnen auf. Dieses zunächst zarte Zusammentreffen mit weichen Lippen, die sich perfekt an die ihren schmiegen. Der männlich herbe Duft, den er verströmt. Die leisen Atemzüge, die eine gewisse Anspannung verraten. Sie blickt durch leicht geöffnete Lider, findet seine Augen geschlossen vor und tut es ihm sogleich wieder nach. *Genieße es. Genieße es. Nicht denken. Einfach nur Gefühle pur.* Katrin schafft es, alles abzuwerfen, was sie belasten und behindern könnte. Dann versinkt sie hingebungsvoll in seinen Armen.

Seine Lippen öffnen sich, bieten Einlass für ihre Zunge, die sich suchend vortastet. Seine Zungenspitze findet ihre auf halbem Wege, berührt sie kurz und setzt ihren Weg zu ihren Lippen fort. Unglaublich zärtlich streicht er mit ihr die Linien ihrer Lippen ab. Ein Gefühl, das unmittelbar seinen Weg durch ihren Körper antritt, erst zwischen ihren Beinen ein Ende findet und sich dort staut. Küsst er wirklich so gut oder ist es ihre Fantasie, die sie schon weiter als zum ersten Kuss gebracht hat und jetzt sexuelles Verlangen in ihr freisetzt? Ihr Körper folgt einer vorbestimmten Dramaturgie und lässt sich durch Rolfs leichten Druck widerstandslos auf das Sofa sinken. Hände und Arme versuchen sich nun geschickt in das Spiel einzubringen. Während Rolf zärtlich ihr Haar durchkämmt, tasten Katrins Finger seine Muskulatur an Rücken und Oberarmen ab. Ihre Münder sind mittlerweile eins geworden und zeigen auch keine Ambitionen, sich wieder zu trennen. Das körperliche Verlangen aufeinander lässt sich nicht mehr verheimlichen. Die abwechselnd kurze, flache oder lange, tiefe Atmung bringt ihr gegenseitiges Begehren zum Ausdruck.

Unvermittelt geht Rolf über ihr in den Armstütz. Von oben auf sie herabschauend legt er einen zweifelnden Gesichtsausdruck auf. »Bist du sicher, dass du das hier willst? Ich meine, bist du wirklich so weit?«

»Oh, Rolf, du bist so verständnisvoll. Tatsächlich habe ich vor ein paar Wochen noch geglaubt, ich würde Paul ewig lieben. Und vielleicht tue ich das auch. Aber dass jemals jemand wieder einen Platz in meinem Herzen finden würde, hätte ich nie für möglich gehalten. Und dann passiert dieser Zufall, dich kennenzulernen. Ausgerechnet am Grab meines Mannes. Ich meine, wie verrückt ist das denn? Und wenn du mich schon so fragst, ja, ich bin so weit und will es wirklich. Komm mit!«

Bei der Aufforderung gibt Rolf ihren Körper frei, sodass sie aufstehen kann. Ihn an der Hand fassend zieht sie ihn mit durch das Haus, hinein in ihr Schlafzimmer. »Keine Angst, hier erinnert nichts mehr an Paul. Ich hatte letztlich das Gefühl, sie würden mich einsperren, all diese Erinnerungen. Aber ich möchte frei sein. Frei für dich!« Katrin steht vor dem Bett und zieht ihre Bluse unaufgeknöpft über ihren Kopf. Danach greift sie an ihren Rücken, um den BH zu öffnen. Ein kurzes Zögern. Soll sie wirklich? Dann streift sie ihn ab und präsentiert ihm ihre dunklen Warzen, die auf runden weißen Wölbungen thronen. Erwartungsvoll blickt sie Rolf an. Wie wird er reagieren? Wird er sie leiden mögen? Und wird er sie noch gernhaben, wenn sie zu forsch die Führung übernimmt? »Was siehst du mich so an?« Katrin ist unsicher, weiß seine Blicke nicht zu deuten.

»Du bist wunderschön.« Rolf klingt ehrlich bewundernd. Er zögert nicht, sich ebenfalls freizumachen und sich ihr mit bloßem Oberkörper vorzustellen.

Beide strecken zögernd die Arme aus, um den jeweils anderen Körper zu berühren, zu ertasten, zu erforschen. Katrin genießt Rolfs Hände, die an der Taille ansetzen, langsam nach oben gleiten und sich schließlich über ihre Brüste legen. Der sanfte Druck auf ihre Warzen lassen elektrisierende Schauer über ihren Körper laufen. Lange wurde sie nicht mehr von fremden Händen berührt, sodass sie jetzt äußerst sensibel darauf reagiert. Unterdessen streichen ihre Hände über den wohlproportionierten Körper eines Sportlers. Überall locken trainierte Muskeln. Katrin lässt ihre Hände über Rolfs Bauch zum Gürtel wandern, um ihn zu öffnen. Rolfs Blick signalisiert ihr Unsicherheit. Aber nicht, weil er unsicher ist, seinen Mann zu stehen, sondern weil er unsicher ist, ob sie es wirklich will. Seine Umsicht ist wirklich rührend, denkt Katrin und gibt ihm mit einem leichten Nicken zu verstehen, dass sie bereit ist. Durch dieses Zeichen lässt Rolf seine zögerliche Haltung fallen.

Er zieht sie zu sich in die Arme, drückt sie fest an sich, vergräbt sein Gesicht in ihren Haaren, wandert zu ihrem Ohr, an dem er zärtlich knabbert und haucht: »Ich will dich. Ich will dich so sehr.«

»Mir geht es genauso«, flüstert sie liebevoll zurück. Daraufhin sind die verbleibenden Kleidungsstücke nur noch ein leicht zu beseitigendes Hindernis, und schon lassen sich beide Körper eng umschlungen auf das Bett fallen. Während Katrin noch etwas höher aufs Bett krabbelt, bedeckt Rolf ihren Körper mit Küssen. Sein warmer Atem auf ihrem Bauch, während er mit Lippen und Zunge kleine Schauer durch ihren Körper wandern lässt. Seine Hand streicht über ihre Oberschenkel und bereitet sie auf seinen tiefer wandernden Kopf vor. Schließlich bedecken seine Küsse ihre Schenkel nahe ihres Lustzentrums. Geschickt umspielt er die Region ringsherum. Katrin spürt, wie sich geile Feuchtigkeit in ihr bildet. Während seine Zunge nun großflächig über ihre Schamlippen streift, wandern seine Hände nach oben und kneten sanft ihre Brüste.

Katrin gibt sich diesem zärtlichen Spiel mit Wonne hin. Hatte Paul sie je derart zärtlich behandelt? *Jetzt nicht denken. Gib dich ihm hin und genieße,* weist sie sich zurecht. Rolfs Zunge gleitet unterdessen links und rechts an ihrer Spalte vorbei, massiert die äußeren Schamlippen. Katrin fühlt sich bereits so voller Lust, dass sie seine betont langsame Vorgehensweise kaum mehr aushält. Andererseits ist sie gespannt, was er noch alles mit ihr anstellen wird.

Jetzt spielt seine Zunge mit ihrem Kitzler. Tausend kleine Stromstöße scheinen ihren Körper zu fluten. Ein fast schon unangenehmer Reiz. Rolf scheint es zu spüren und verlegt sich darauf, ihren Kitzler saugend rhythmisch zu bearbeiten. Ein geradezu himmlisches Vergnügen für sie. Seine Hände kneten derweil weiter ihre Brüste, seine Finger zwirbeln an ihren Warzen. Er legt es komplett darauf an, dass es ihr gut geht, dass sie ihre Befriedigung findet. Katrin kommt sich egoistisch vor, dies so genussvoll auszukosten. Hatte sie sich bei Paul jemals so hingegeben? Oder hatte sie sich eher im Sinne von *Abgeben* hingegeben? Wie fragte Rolf: Ob sie diejenige war, die eher nachgegeben hatte? Jetzt im Vergleich würde sie sagen, ja, beim Sex schon.

Sie zieht Rolf zu sich hoch. Ihr Bedürfnis, ihn leidenschaftlich zu küssen, überwiegt die sexuellen Genüsse, die er ihr bereitet. »Ich möchte mich dir hingeben, mein Lieber, im vollen Einverständnis und im Vertrauen in dich.«

Rolfs hartes Glied reibt über ihre Vulva. Katrin schiebt eine Hand zwischen ihre Körper, um sein Exemplar zu prüfen. Sie umfasst ihn, lang und dick lässt ihn Rolf zwischen ihre Finger gleiten. Gleich würde er ihn in ihr versenken. Langsam und gefühlvoll wünscht sie es sich. Und sie traut sich, es ihm zu sagen. Dementsprechend verhält er sich. So langsam, wie sie es von Paul nie erfahren hatte, dringt er in sie ein. Jeden Zentimeter seines Vordringens kostet sie aus. Seine warme, weiche Eichel, die sanft vorangeht. Der harte Schaft, der wieder andere Empfindungen in ihr weckt. Als der Endpunkt erreicht ist, drückt er seinen ganzen Unterleib gegen ihre Vulva, sodass der Druck auf ihre Klitoris sie fast in den Himmel katapultiert.

»Langsam genug?«, haucht Rolf fragend in ihr Ohr.

»Ich glaube zu schweben, es ist himmlisch.«

Bedächtig zieht sich Rolf wieder zurück, um darauf erneut im Zeitlupentempo einzudringen. Katrin presst verlangend ihr Becken vor, was ihn veranlasst, die Stoßgeschwindigkeit nach und nach zu erhöhen. Als Rolf wieder ganz tief in ihr steckt, greift er mit einer Hand unter ihren Po, den anderen Arm schiebt er unter Hals und Schultern. Mit Schwung dreht er sie beide herum, sodass sie auf ihm zu liegen kommt. Sanft drückt er ihren Oberkörper hoch. Sie wird dadurch gezwungen, ihre Beine anzuziehen und auf ihm zu sitzen.

»So kannst du besser selbst bestimmen, wie du es möchtest. Außerdem liebe ich es, deine Brüste über mir zu betrachten.«

Katrin stützt sich auf seiner muskulösen Brust ab, lässt ihren Busen zwischen ihre Armen hervorquellen und beginnt, ihr Becken zu bewegen. Vor und zurück, in kreisenden Bewegungen, auf- und niedersenkend, probiert sie alle Empfindungen aus. Rolf scheint es zu gefallen, denn seine Mimik verändert sich mit jeder neuen Bewegung.

»Das ist großartig. Du wirst es mir nicht glauben … aber so haben wir es nie gemacht.«

Rolf blickt sie erstaunt an. »Ich glaube, du hast eine Menge nachzuholen.« Lächelnd fügt er hinzu: »Jetzt genieße deinen Ritt in vollen Zügen.« Und damit bewegt er nun auch sein Becken, unterstützt sie in ihren Bewegungen, knetet gleichzeitig ihre Brüste.

Katrin fühlt sich so frei und gelöst. Als wäre sie in einem Tagtraum, starrt sie ihn an. Sie spürt ihren sexuellen Gelüsten nach, die sich langsam aufstauen und einen Orgasmus heranrauschen lassen, wie sie ihn noch nie zuvor erlebt hatte. Als es endlich aus ihr herausbricht, fasst Rolf sie an ihren Hüften und drückt sie fest auf sein Glied. Kein Entrinnen möglich. Schwindelerregend. Himmel pur.

Erschöpft rollt sich Katrin an seine Seite, bettet sich in seinen Arm und strahlt ihn an. »Das war wunderschön. Wie hast du das gemacht?«

»Du hast es selbst gemacht. Ich musste nur dabei sein.«

»Ja, *du* musstest dabei sein. Das ist offenbar das Entscheidende.«

»Du musst mir jetzt nicht detailliert über dein Sexleben Auskunft geben, aber es scheint nicht erfüllend gewesen zu sein.«

»Doch, das war es schon. Dachte ich immer. Vielleicht wusste ich es nicht besser. Ich bin eher konservativ erzogen worden und hatte auch keine Freundinnen, mit denen ich solche Themen erörtert hätte. Vielleicht bin ich auch selbst schuld. Wahrscheinlich bin ich im Bett immer eher der Typ Mauerblümchen gewesen.«

»Das sah eben ganz und gar nicht nach Mauerblümchen aus.«

»Ich weiß ja, was alles im Bett los sein kann. Ich lebe ja nicht hinterm Mond. Aber es hat sich nie ergeben. Paul hat es nicht eingefordert und ich habe mich wohl nicht getraut. Und so blieb es dann bei der klassischen Missionarsstellung.«

»Ich finde das ungewöhnlich für einen Mann.«

»Was?«

»Na, dass er nicht mehr von dir wollte.«

»Aber es war so. Er war zufrieden.«

»Und du?«

»Ich bin mir nicht sicher. Eher nicht. Glaube ich. Nach dem Ritt eben, weiß ich es sogar. Oh, und was ist mit dir? Du lässt mich die schönsten Gefühle erleben und du?« Katrin streicht über seine Brust hinunter zu seinem Penis, der noch hart erigiert auf weitere Einsätze wartet. Sie umfasst ihn und streicht die Vorhaut vor und zurück. Neugierig betrachtet sie seine Eichel, auf deren Spitze sich ein kleiner Tropfen bildet.

Was mögen Männer gern? Sie beugt ihren Kopf hinunter und ertastet mit der Zunge die zarte Kappe. In ihrer Hand bemerkt sie das wohlige Zucken seines Schwanzes. Davon animiert stülpt sie ihre Lippen über den rosa Kopf und gleitet mit ihnen ein Stück den Schaft entlang. Rolf entfährt ein erregtes Stöhnen, was sie mutiger werden lässt. Während sein Schwanz in ihrem Mund vor- und zurückgleitet, übt sie dabei das Spiel mit der Zunge und achtet genau auf seine Reaktionen.

»Du machst das wahnsinnig gut. Wenn ich komme, darf ich in dir abspritzen?«

Katrin unterbricht entsetzt. Sie findet die Vorstellung eher abstoßend. »Nein, bitte, ich denke, ich mag das nicht.«

»Du hast so etwas noch nie getan?«

»Bin ich jetzt in deinen Augen prüde? Nein, ich habe das noch nie getan und ich werde es auch nicht tun. Tut mir leid, wenn ich dich jetzt enttäuschen muss.«

»Enttäuschen? Nein. Ich bin etwas … nein, lassen wir das … Ich freue mich sogar ein wenig darüber.«

Katrin sieht ihn verständnislos an. Sie versteht seine Reaktion nicht, aber ehe sie nachfragen kann, hat Rolf sie bereits auf den Rücken gedreht, schwebt im Liegestütz über ihr und reibt seine Pracht an ihrer Vulva.

»Du kannst mich wieder reinlassen«, seine Eichel betritt nun sanft den noch schlüpfrigen Eingang, »oder ich geile mich an deinem tollen Körper auf und na ja …«

»Tu das bitte. Ich möchte sehen, wie du kommst.«

»Wirklich?« Rolf klettert über sie, kniet sich links und rechts über ihre Hüften und studiert lüstern ihre Brüste.

»Ich weiß gar nicht, was ich hier tue. So viel habe ich noch nie über Sex geredet. Mit Paul – entschuldige – war alles immer so gleich.«

»Pssst.« Rolf legt ihr einen Finger auf den Mund. »Es ist

alles gut. Ich möchte immer, dass du deine Wünsche äußerst und sagst, wenn es dir nicht gefällt.« Er sieht ihr in die Augen und beginnt, sich zu wichsen. Mit der freien Hand knetet er ihr Brüste, dirigiert zwischendurch ihre Hand an seine Hoden und gibt sich völlig frei seinen Trieben hin.

Katrin knetet sanft seine Eier und sieht ihm bei seiner Tätigkeit zu. Sie beobachtet genau, wie er den Schaft umfasst, schätzt ab, mit welchem Druck seine Finger wohl zufassen, registriert die Geschwindigkeit, mit der er sein Glied bearbeitet. Nichts soll ihr entgehen, damit sie ihn beim nächsten Mal ähnlich gut befriedigen kann. Hinter ihren Augen laufen gerade gleichzeitig Filme ab, wie sie und Rolf es an für sie ungewöhnlichen Orten, zu ungewöhnlichen Zeiten und in ungewöhnlichen Stellungen treiben.

Rolf ist derweil immer erregter, seine Atmung geht schneller, ein Schweißfilm bildet sich auf seiner Stirn. »Möchtest du übernehmen?« Rolf führt ihre freie Hand an seinen Schwanz. »Mach einfach weiter. Ich komme gleich.«

Während sie ihre Hand vor- und zurückgleiten lässt und mit der anderen seinen Sack massiert, langt Rolf jetzt mit beiden Händen an ihre Brüste.

»Du machst das perfekt. Gleich … ahhh …« Rolf beugt sich leicht nach vorn, Katrin erwartet seinen Erguss mit Spannung. Als es endlich aus Rolf herausspritzt, landet der erste Schuss in ihrem Gesicht. Schnell lässt sie seinen Schwanz tiefer zwischen ihre Brüste zielen, wo sich Rolf in mehreren Salven und mit gepresster Atmung entleert. Rolf sackt erschöpft weiter vor und küsst Katrin in dieser Haltung voller Liebe und Dankbarkeit.

SINA

Eine Woche lang wurde Sina von ihren Gedanken zerrissen. Sie machte sich Vorwürfe. Sie weidete sich in Selbstmitleid.

Sie verfluchte sich. Sie wollte sich am liebsten ihr liebendes Herz herausreißen. Anschließend durchdachte sie ihre Situation wieder ganz realistisch. Nur um im nächsten Moment erneut weinend zusammenzubrechen.

Dann klingelte ihr Telefon. Das Display zeigte Lukes Nummer. Sina nahm seinen Anruf mit zitternden Händen entgegen.

»Hey, ich bin es, Luke.«

»Luke, ich freue mich, dass du dich meldest.«

»Ich hoffe, euch geht es gut. Tut mir leid, dass ich mich nicht gemeldet habe. Die Arbeit, du weißt.«

»Du musst mir nichts erklären. Ich freue mich, dass du anrufst. Und Luna freut sich auch. Sie ist gerade auf meinem Arm. Ich glaube, sie lächelt, weil von dir die Rede ist.«

»Hör zu, hast du heute Abend Zeit, bist du daheim?«

»Wo sollte ich sonst sein? Wann kommst du? Soll ich uns etwas kochen?«

»Nein, nein, ich werde schon gegessen haben. Es wird bestimmt erst gegen einundzwanzig Uhr sein.«

»Oh, so spät. Dann wird Luna aber schon schlafen.«

»Das ist in Ordnung. Ich will *dich* sehen.«

»Ja, natürlich. Schön. Ich freue mich.«

Luke hatte sich gemeldet. Luke würde kommen. Luke würde bei ihr bleiben. Sina war glücklich. Alles würde wieder ins Lot kommen. Vielleicht würden sie auch Sex haben. Sina sehnte sich so sehr danach, wieder als Frau wahrgenommen zu werden und nicht nur als Gebärende und stillende Mutter.

***

»Hallo, Luke. Schön, dass du gekommen bist.« Sina zog sich an Lukes Hals hoch und küsste ihn, nachdem sie ihn hereingelassen hatte. »Willst du deine Tochter sehen? Sie schläft.«

»Hast du ein Glas Wein?«

»Ich trinke nichts mehr, wie du weißt. Aber ich glaube, ich

habe noch eine Flasche.«

Luke kam ihr abweisend vor. Weniger herzlich als sonst. Warum wollte er nicht seine Tochter sehen und verlangte gleich nach Alkohol? Diese Gemütslage bei ihm war ihr nicht unbekannt. Wenn er sie beim Sex hart rangenommen hatte, war ihr aufgefallen, dass sich kurz vorher seine Stimmung geändert hatte. Sina spürte, wie etwas in ihrem Körper auf eine andere Wahrnehmungsschwelle schaltete. War Vorsicht geboten? Wobei Sina in erster Linie nicht auf sich, sondern auf Luna verstärkt achtete. Verrückt, dachte sie, wir sind doch keine Bären, wo die Mutter ihr Junges vor dem emotionslosen, gefräßigen Vatertier schützen muss. Auch wenn Luke *Bärmann* mit Nachnamen hieß. Sie schüttelte ihre Sorge ab und öffnete die gefundene Weinflasche vor seinen Augen.

»Sina, hör zu. Ich hätte nicht einfach weglaufen sollen, weil ich nicht kommen konnte. Ich bin hier, um es wiedergutzumachen.«

»Aber du hast doch nichts wiedergutzumachen.« Das war es also, was ihn zu ihr trieb. Er wollte, dass sie wusste, dass er weiterhin auf sie stand. Sina kribbelte es bereits am ganzen Körper vor Aufregung. Jetzt würden sie wieder richtigen Sex miteinander haben. »Trink einen Schluck und komm.« Sina öffnete ihre Bluse, drehte sich dann ab und verschwand im Schlafzimmer.

Als Luke folgte, hatte er die Weinflasche in der Hand, aus der er schon mehr als ein Glas getrunken hatte. Sina rekelte sich unterdessen erotisch auf den Laken und bot Luke ein Bild der Verführung. Sie bewegte sich lasziv, knetete ihre Brustwarze und strich sich mit der feuchten Zunge über die Lippen. Mit einer Hand streichelte sie sich zwischen den Beinen. »Zieh dich aus, mein Körper freut sich auf dich.«

Luke stellte die Weinflasche ab. Er zog sich aus. Ein Teil nach dem anderen. Bei seiner Hose wurde er langsamer. Als er sie fallen ließ, war er von einer Erektion noch weit entfernt. Sina begann, sich erneut darüber zu sorgen, dass sie für ihn unattraktiv geworden sein könnte. Luke stand steif da, starrte ihr in die Augen, als ob er etwas in ihr zu lesen versuchte. Auch seine Gesichtszüge verhärteten sich. Alles in ihm schien angespannt. Nur zwischen seinen Beinen regte sich nichts. Sina wich unwillkürlich etwas auf ihrem Laken zurück. Unvermittelt kam Bewegung in Lukes Körper. Mit einem grunzenden Schrei kam er dichter, griff über ihren Kopf und packte ein Büschel ihrer Haare. Mit Kraft zerrte er sie zu sich, dass ihr Körper herumgerissen wurde und ihr Kopf zwischen seine Beine geriet, den er mit seinen Schenkeln einklemmte.

Als sie sich zu wehren versuchte, hielt er zunächst mit Kraft ihre Arme fest, dass ihre Handgelenke schmerzten. Als sie versuchte, ihre Knie anzuziehen, um ihn eventuell treten zu können, spürte sie unvermittelt einen dumpfen Druck auf ihrem Solarplexus. Der Schlag unterhalb des Rippenbogens nahm ihr jegliche Fähigkeit zu atmen. Panisch traten ihre Augen hervor, bis sie unter röchelnden Geräuschen wieder Sauerstoff in ihre Lunge saugte.

»Du wirst mir jetzt gehorchen. Ist das klar?«

Sina wusste vor Stress nichts zu antworten. Die Kälte in seiner Stimme hatte eine noch entscheidendere Wirkung auf sie als der Schlag.

»Ob das klar ist?!«

Sina wimmerte zwischen seinen Beinen, sein Geschlechtsteil hing mittlerweile als bloße Bedrohung über ihr. Sie nickte widerwillig und presste ein undeutliches »Ja« heraus.

»Gut so.« Seine Hand langte zwischen ihre Beine, knetete grob ihre Schamlippen, bis sich ein Finger gewaltsam zwischen sie schob.

»Bitte …«, flehte Sina, aber er schien sie nicht zu hören.

Die Gewalt und Demütigung, die er über sie ergehen ließ, schien ihn aufzugeilen. Sein Glied stand kerzengerade und Luke begann, sich zu wichsen.

»Los, lutsch an meinen Eiern.«

Sie könnte ihm heftig in die Hoden beißen. Sie wusste, dass das für Männer sehr schmerzhaft sein konnte. Aber Luke war ihr körperlich deutlich überlegen. Und was passieren konnte, wenn sie die Bestie reizte, wollte sie sich lieber nicht ausmalen. Wer würde sich dann um Luna kümmern, wenn sie verprügelt in der Ecke läge!

»Und pass bloß auf. Ich mach dir sonst das Leben zur Hölle.«

Luke schien ihre Gedanken zu lesen. Was blieb ihr übrig, als sich ihm zu fügen? Luke positionierte sich so, dass sie gezwungen war, den Mund zu öffnen und seine Kugeln einzusaugen. Luke stöhnte über ihr auf. Wichsend. Mittlerweile drei Finger in sie bohrend. Sina musste aufpassen, wenn es sie zu sehr schmerzte, nicht unwillkürlich die Zähne zusammenzubeißen.

»Gut so. Jetzt steck ihn dir in den Mund!«

Sina kannte seine Vorlieben, wurde jedoch überrascht, wie brutal er diesmal vorging. Ohne Vorwarnung drang er tief vor, stopfte seinen Schwanz brutal in ihren Rachen. Sina wurde schlecht, sie spürte den Schmerz, musste sich übergeben. Luke entzog sich ihr, ließ sie einen Moment frei, damit sie sich zur Seite drehen konnte. Er lachte, als sie sich neben dem Bett erbrach.

»Stell noch einmal meine Potenz infrage.«

»Aber ich habe doch gar nicht …«

Brutal zog er sie wieder in Position, schob ihr seinen Prügel erneut in den Rachen, stützte sich mit beiden Händen auf ihren Brüsten ab und spritzte ihr nach wenigen kurzen Stößen seine Ladung in den Hals. Sina würgte, hustete, rang nach Luft, hatte Angst zu ersticken. Sie wälzte sich hin und her, schlug und trat um sich, rutschte vom Bett, rappelte sich hoch, hockte auf Knien und Händen und ließ sein Sperma auf das zuvor Erbrochene laufen.

Als sie wieder halbwegs bei Sinnen war, wurde sie gewahr, dass sich Luke nicht mehr im Raum befand. Wo war er? Sie kam auf die Füße, schwankte, der Kreislauf drohte zu versagen, dann stürmte sie zu Luna. Sie lag friedlich in ihrem Bett. Eine unbeschreibliche Erleichterung machte sich in ihr breit. Egal, was sie aushalten musste. Hauptsache, Luna war nichts passiert. Sie kontrollierte sicherheitshalber die anderen Räume, Bad und Küche, aber Luke war weg. Sie schloss sofort die Wohnungstür von innen doppelt ab, trotz des Bewusstseins, dass Luke einen Ersatzschlüssel hatte. *Für alle Fälle*, wie er gemeint hatte. Auf der Schlüsselablage entdeckte sie einen Text auf dem Zettelblock, auf dem sie sich sonst zwischendurch Notizen machte:

In Zukunft wirst du mir gehorchen. Du kannst mir nicht ein Kind anhängen, Unterhalt von mir verlangen und nichts weiter dafür tun.

Sina sank erschöpft auf den Boden.

KATRIN

Die Vögel beginnen zu zwitschern, die Morgensonne sendet ihre ersten Strahlen durch die Jalousie. Eigentlich hat sie sich vorgenommen auszuschlafen. Doch nun liegt sie bereits wach in ihrem Bett und träumt sich zurück in die Arme von Rolf. Diese wundersame Erfahrung mit diesem Mann zu machen, ist einfach traumhaft. So lässt sie ihre Augen noch geschlossen und stellt sich seinen Körper vor. Ihrer beider Körper, wie sie aneinander, aufeinander und ineinander liegen. Wie kann es passieren, dass sie, seit sie Rolf kennt, kaum noch an Paul denkt? Jedenfalls nicht auf diese Weise. Da sind sie wieder, ihre Fragen und ihre Gedanken drehen sich zum wiederholten

Male um ihre Sexualität.

Warum ist der Sex mit Rolf so unendlich viel schöner, abwechslungsreicher und aufregender, als er es mit Paul je war? Warum war Paul so ein Langweiler im Bett? Und seit sie verheiratet waren, war immer weniger von ihrer ersten stürmischen Begegnung bei seiner Rückkehr geblieben. Lag es an ihr? War sie zu prüde? Nein, diese Frage hatte sie sich schon oft genug mit Nein beantwortet. Lag es an seiner Zeugungsunfähigkeit? War durch das Wissen darum der natürliche Trieb erlahmt? Doch davon wusste er erst später, als sie herauszubekommen versuchten, warum es zwischen ihnen nicht klappen wollte. Sie ließ sich bei ihrer Frauenärztin untersuchen und er war beim Urologen zum Check. Dadurch kam erst die Infertilität bei Paul heraus. Nein, das eigentliche Problem muss bereits vorher bestanden haben.

Und warum war er nach all den Jahren seiner Abwesenheit zu ihr zurückgekommen? Militär, Studium … er wird doch sexuelle Beziehungen gehabt haben. Was suchte er bei ihr? Er kannte sie doch nur als unerfahrene Abiturientin. Oder war sie gerade gut genug für langweiligen Sex? Was hat Rolf nur bei ihr angerichtet, dass sie plötzlich so über Paul nachdenkt?

Sie starrt verloren an die Decke. Woher kommen plötzlich all diese Zweifel? Ja, Rolf hatte verschiedene Fragen gestellt, deren ehrliche Antworten sie zunächst entrüstet von sich gewiesen hat. Aber dann … langsam sickern Erkenntnisse und Fragen ein, die sie nicht länger ignorieren kann.

Dass ihr Vater Paul gern als Schwiegersohn haben und ihn fest im Unternehmen einbinden wollte, ist Gewissheit. Dass sie mit diesem Wunsch auch ein Stück weit zur Heirat gedrängt wurde, kann sie auch nicht von der Hand weisen. Aber sie hätte natürlich auch ablehnen können. Egal, ein Gespräch mit ihrem Vater würde sie trotzdem darüber führen müssen.

Für heute wird sie aber zunächst eine andere Idee verfolgen. Im Jahrbuch ihres Abiturjahrgangs findet sie schnell das richtige Bild mit dazugehörigem Namen: Sandra von Schöllter. Eine blonde Schönheit, die ihr immer ein wenig zu affektiert erschien. Paul war im ersten Jahr der Oberstufe mit ihr zusammen, daran kann sie sich erinnern. Mit Paul hat sie nie darüber gesprochen. Wohl, weil ihr klar war, dass sie nichts Entsprechendes entgegensetzen konnte, unerfahren wie sie war.

***

Sandra wohnt offenbar auch noch in der Nähe ihres Elternhauses, wie sie mit ein paar Anrufen unter Freunden recherchierte. Am späteren Nachmittag steht sie bei ihr vor der Tür und betätigt mit einiger Aufregung den Klingelknopf. Was denkt sie, hier zu finden? Sie weiß es nicht, aber ein Gefühl hat sie bis vor ihre Tür fahren lassen. Paul und Sandra waren damals das Traumpaar an der Schule. Sandra war schon immer weiter als alle anderen Mädchen. Frühreif. Sechste Klasse: In der Sportumkleide schauten alle verstohlen auf ihre Brüste und wünschten sich, dass es bei ihnen auch bald losgehen würde. Siebte Klasse: Die Jungs aus den Klassen über ihnen suchten ihre Nähe und sie kokettierte mit ihren Reizen. Die anderen Mädchen hassten sie dafür. Achte Klasse: Ob sie tatsächlich schon Sex hatte in diesem Alter, waren nur Gerüchte. Aber sehr wahrscheinliche. Zehnte Klasse: Der, der sie dann letztlich fest erobert hatte, war Paul. Paul, gut aussehendes Sportass, Schulsprecher und Klassenbester, zusammen mit der Schulschönheit Sandra. Ständig standen sie in der Pause irgendwo eng umschlungen und fingerten aneinander rum. Natürlich hatten sie Sex miteinander, das sah man doch, oder? Nach gut einem Jahr war dann abrupt Schluss, und sie gingen sich aus dem Weg. Mit Sandra hatte sie keine Kurse, aber sie war ihr

106

auch sonst nicht mehr so präsent, auf dem Schulhof, in der Pause. Paul verdrehte sicherlich noch so manchem Mädchen den Kopf, aber an eine längere Beziehung mit einem Mädchen an der Schule kann sich Katrin rückblickend nicht erinnern.

»Katrin? Das ist eine Überraschung.«

»Sandra. Schön, dass ich dich antreffe.«

Einen Moment mustern sich beide Frauen prüfend. Sandra ist immer noch schön, versucht aber, ihre Ausstrahlung eher zu verbergen, als zur Schau zu stellen, wie sie es als Schülerin stets getan hat. Ebenso scheint sie keinen Anflug von Überheblichkeit mehr in sich zu tragen. Sie wirkt fast sympathisch auf Katrin.

»Komm doch rein. Mein Mann ist mit unserer Lisa auf dem Spielplatz. Austoben, bevor es dann ins Bett geht. Abendbrot, Zähneputzen, Geschichte lesen … diese Dinge halt. Geht alles entspannter, wenn sie sich noch mal bewegt hat.«

»Du hast Familie, eine Tochter, toll«, druckst Katrin etwas verlegen herum.

»Ja, ich habe Carsten auf einer Firmenfeier kennengelernt. Ich bin wirklich glücklich mit ihm. Er erdet mich. Und unsere Tochter ist wirklich das Beste, was mir in meinem Leben passiert ist. Du hast … Paul geheiratet?«

Katrin fällt diese kleine Pause vor seinem Namen auf. Klingt da so etwas wie Eifersucht durch? Wäre sie doch lieber mit Paul zusammengeblieben und trauert ihm immer noch nach? »Paul ist bei einem Verkehrsunfall ums Leben gekommen, wie du vielleicht mitbekommen hast.«

»Ja, das habe ich«, antwortet Sandra relativ kühl. Ebenso spricht sie ihr kein Beileid aus.

Vielleicht hat sie im Stillen seinen Tod betrauert und hält nun bewusst ihre Emotionen zurück, damit es keiner mitbekommt.

Katrin gedenkt trotzdem, ihre Fragen zu stellen: »Mir ist es etwas unangenehm, aber ich habe eine Frage an dich, Sandra.« Und als ihr Gegenüber nur ausdruckslos guckt, fährt sie fort: »Mir sind in letzter Zeit ein paar Fragen gekommen und du warst doch mal mit Paul zusammen, damals an der Schule. Wir sind mittlerweile erwachsen, deshalb möchte ich dich etwas Intimes fragen.« Sie wartet auf ein zustimmendes Nicken oder Ähnliches. Es kommt aber keine Reaktion. Also tastet sie sich langsam vor. »Warum seid ihr damals nicht zusammengeblieben?«

»Manchmal passt es einfach nicht«, antwortet Sandra knapp.

»Ich denke mal, ihr habt miteinander geschlafen?«, wagt sich Katrin weiter vor. Sandra nickt jetzt unmerklich, lässt sich sonst aber nichts anmerken. »Wie war der Sex mit ihm?«

Sandra sieht sie an, mit Augen, deren Blick sie nicht recht zu deuten weiß. Schließlich antwortet sie. »Ich denke, du solltest jetzt gehen. Meine Familie kommt bestimmt gleich zurück.« Sie erhebt sich und deutet damit an, dass sie es ernst meint.

Sandra will nicht darüber sprechen, die Frage ist unerwünscht, *Katrin* ist unerwünscht.

Als sie wieder in ihrem Auto sitzt, weiß sie, was sie in Sandras Augen gesehen hat: Das gleiche erschrockene Gefühl, das sie verspürt hat, als ihr Paul mit raubtierhaften Augen im Traum erschienen war.

SINA

»Frau Wachtmann, der kleinen Luna geht es wunderbar. Alle Entwicklungen laufen altersgerecht. Und ein fröhliches Kind scheint sie außerdem zu sein.«

»Ja, das ist sie. Mein Sonnenschein.« Sina ist froh, dass der Kinderarzt bestätigt, dass sie alles richtig macht. Eine gewisse Erleichterung breitet sich in ihr aus. Sie würde es nicht verkraften, wenn es ihrer kleinen Luna nicht gut bei ihr ginge.

»Aber, Frau Wachtmann, ich möchte offen zu Ihnen sein: Um Sie mache ich mir Sorgen.«

»Um mich? Warum?«

»Sie machen mir einen sehr gestressten Eindruck. Schläft Luna denn schlecht?«

»Nein, alles bestens. Ich habe ein richtiges Schlafkind.«

»Eben. Das sagten Sie. Und darum sorge ich mich um Sie. Sie wirken auf mich unausgeschlafen, nervös und fahrig. Sie versuchen, es zu verbergen, aber sie können mich nicht täuschen. Ich werde Ihnen etwas zur Beruhigung aufschreiben.«

»Aber ich …«

»Keine Angst, ich werde Sie damit nicht in den Tiefschlaf schicken. Es soll ein wenig helfen, die Nerven zu beruhigen.«

Sina gab sich geschlagen, sackte leicht in ihrer Sitzhaltung ein, fasste sich sogleich wieder und rutschte auf die Stuhlkante.

»Frau Wachtmann, Sie sind nicht verheiratet, haben den Namen des Vaters nicht angegeben. Gibt es denn sonst eine Person, die Ihnen zur Seite stehen kann? Die eigene Mutter. Eine Freundin vielleicht?«

»Nein, meine Mutter ist früh verstorben und mein Vater hat neu geheiratet. Er lebt im Ausland.« Sina dachte an Frauke, ihre beste Freundin. Aber sie hatte sie so oft versetzt. Und wenn sie ehrlich zu sich war, dann wollte sie auch nicht unter Menschen. Genau deshalb, weil man ihr ansah, dass es ihr nicht gut ging. Genau deshalb hatte sie im letzten halben Jahr bereits dreimal den Kinderarzt gewechselt. Aber es würde immer wieder passieren, dass sie sich rechtfertigen musste. Sie war so müde und ausgelaugt, dass sie das nicht mehr lange durchhalten würde.

Sina stand auf, murmelte »Danke!«, griff das Rezept, lächelte den Arzt an und schob den Kinderwagen aus der Praxis.

109

Draußen wurde sie von wärmenden Sonnenstrahlen erwartet, Vögel zwitscherten ihr ein Konzert, Blumen neigten die Köpfe in ihre Richtung.

Sie schwankte. Schob den Kinderwagen eiligst durch die Büsche am Wegesrand, hinter denen sich ein kleiner Spielplatz befand. Sie wusste, dass dieser Platz schlecht gepflegt war und die Klettergeräte nicht mehr im besten Zustand. Dementsprechend hielt sich hier selten jemand auf. Für ihr Ansinnen war es genau das Richtige.

Die Übelkeit kroch langsam in ihr hoch. Sie kannte diesen Zustand. Die Beine begannen zu zittern. Ihr wurde flau im Magen. Gleich würde ihr Herz anfangen zu rasen. Und im schlimmsten Fall konnte sie ohnmächtig zusammenbrechen. Sie wollte nicht auf der Straße liegen, wo Passanten einen Rettungswagen gerufen hätten. Und wenn sie erst einmal im Krankenhaus war, dann äußerten sie nur unangenehme Fragen und bestellten gleich das Jugendamt dazu. Vielleicht wäre das sogar die Lösung. Sie könnten sie möglicherweise vor Misshandlung schützen. Luke musste die Vaterschaft anerkennen und dann trotzdem zahlen. Das Sorgerecht würde er natürlich nicht bekommen.

Aber sie hatte Angst. Panische Angst!

Einerseits hatte sie Angst vor Luke. Andererseits hatte sie auch Angst davor, die Situation zu ändern. Denn mit diesem Zustand war sie vertraut. Und jede Änderung würde andere Ängste schüren.

Luna holte sie aus ihren Gedanken. Sie meldete sich zunächst leise, dann immer fordernder. Sina versorgte sie treu sorgend und begab sich anschließend auf den Heimweg. Ihre Wohnung zeigte sich von einer stillen, friedlichen Seite. Eine Wohnung, die sie gern als ihren Rückzugsort bezeichnen würde. Aber ein Rückzugsort verspricht Sicherheit. Sie konnte noch nicht einmal eine Kette vorlegen oder einen schweren Riegel zuschieben, wie sie es vorzugsweise getan hätte. Luke nahm sich das Recht heraus, sie jederzeit besuchen zu können. Wenn nicht ... Er überwies das Geld, er bezahlte die Miete. Als Jurist hatte er sie dahin gehend beraten, das Mietverhältnis an ihn abzutreten. Wie dumm sie gewesen war. Jetzt konnte er sie jederzeit auf die Straße setzen. Und was würde dann aus ihrer kleinen Luna werden?

Und an wen sollte sie sich wenden? Ihre Mutter war früh gestorben, ihr Vater lebte mit einer anderen. Pah, ihr Vater! Wie könnte sie sich mit diesen Problemen an ihn wenden? Ausgeschlossen. Bei Frauke wollte sie auch nicht angekrochen kommen. Sie schämte sich ihr gegenüber. Frauke hatte immer Zweifel an Lukes Redlichkeit gehegt. War sie selbst denn wirklich so blind gewesen? Sina starrte vor sich hin. Eine Leere tat sich in ihrem Kopf auf. Darin schwamm die Erkenntnis, dass sie niemanden hatte. Selbst vor den Ärzten rannte sie weg. Obwohl sie es doch alle gut mit ihr meinten. Sie war von allen isoliert. Hatte Luke sie isoliert? Nein, sie hatte sich selbst isoliert. Zunächst aus Egoismus, später aus Scham und jetzt war sie in eine Sackgasse geraten.

Ihr Smartphone meldete sich schrill vom Küchentisch. Sina zuckte zusammen. Das war Luke! Sie nahm den Anruf mit zitternden Händen entgegen.

»Hallo, Süße, hier ist Luke. Hör zu, ich komme heute Abend vorbei. So gegen halb zehn, denke ich. Schaffst du es, Luna bis dahin schlafen gelegt zu haben? Sicherlich. Ich weiß, dass du das kannst. Wäre schön, wenn du mir eine Kleinigkeit zu essen vorbereiten könntest. Etwas mit Artischocken wäre schön.« Er lachte noch kurz auf, dann beendete er seinen Anruf.

Sina hatte kein Wort gesagt. Und das musste sie auch nicht. Sie hatte ihn selbst auf die Artischocke gebracht, damals auf dem Wochenmarkt. Es war nie dazu gekommen, ihm etwas daraus zu kochen. Aber es war zu einem Synonym geworden. Ein Synonym für: *Bereite dich vor, ich will Sex!* Aber keinen zärtlichen, einvernehmlichen Sex.

Sinas Puls beschleunigte sich. Hatte sie genug im Haus oder musste sie noch einkaufen gehen? Sicher wollte er Rotwein zum Essen. Und wenn er dann gesättigt war, war er keineswegs befriedigt. Sie diente ihm als Nachtisch. Und ob er seinen Nachtisch süß oder sauer behandelte, entschied die jeweilige Stimmung, mit der er von der Arbeit kam. Und der jeweilige Alkoholgehalt.

***

»Das Essen war gut. Sehr gut sogar. Luna schläft. Alles bestens«, sagte Luke lächelnd, als er das Weinglas absetzte. Dann ergänzte er mit strenger Miene: »Lass Badewasser einlaufen und leg dich in die Wanne. Ich komme gleich nach.«

Jetzt war es so weit. In der Firma musste etwas schlecht gelaufen sein oder sie hatte ihm durch irgendetwas einen Anlass gegeben, sie heute nicht liebenswürdig zu behandeln. Oder ihm war einfach danach. Was immer auch passieren würde, da musste sie jetzt durch. Sie begab sich ins Bad, stellte den Hahn auf warm und ließ die Wanne einlaufen. Keinen Badezusatz. Er wollte ihren Körper im Wasser betrachten können. Langsam zog sie sich aus. Im Spiegel sah sie eine fremde Frau mit leerem Blick, die nackt in einem Badezimmer stand und ihre Frisur prüfte.

Als die Wanne halb gefüllt war, stieg sie hinein und drehte das Wasser ab. Als wäre das das verabredete Zeichen gewesen, öffnete sich die Badezimmertür. Luke tat überrascht, eine Frau im Bad vorzufinden. Die Badende versicherte ihm aber, dass er gern bleiben könne und näherkommen solle. »Sehen Sie sich ruhig um, mein Herr.«

Luke trat an die Wanne und betrachtete die Liegende eingehend. »Eine Situation, mit der ich mich näher befassen sollte, meinen Sie nicht auch?«

»Wie es Ihnen beliebt, mein Herr.«

Luke setzte sich auf den Wannenrand und streckte eine Hand nach ihren Brüsten aus, die, halb vom Wasser getragen, geradezu auffordernd seine Aufmerksamkeit provozierten.

»Wollen der Herr nicht ablegen? Seine Kleidung läuft Gefahr, nass zu werden.«

»Ein ausgezeichneter Vorschlag, dem ich gern nachkomme.« Luke zog sich aus und stand kurz darauf nackt vor der Wanne. »Würde es Ihnen gefallen, meine Waffe zu reinigen?«

Sina griff einen Badeschwamm, tunkte ihn ins Wasser und rieb anschließend damit über sein Glied.

»Was soll das, du weißt, was ich meine!«

Sina schreckte zusammen, als sie von Luke derart angeherrscht wurde. Obwohl sie es erwartet hatte, fuhr die verbale Zurechtweisung doch wie ein Hammer auf sie herunter. Luke hatte sie gezwungen, Sätze und Handlungen einzustudieren, die zu verschiedenen Rollenspielen passten. Luke war der Meinung, dass er in der knappen Zeit, in der er sie besuchen kam, so effizienter zum Höhepunkt kommen könne. Sina empfand den Grundgedanken der Rollenspiele durchaus reizvoll, aber Luke legte alles fest: welche Location, welche Rolle, welcher Text. In diesem Fall entbrannte seine Ungeduld in der Art, wie sie seine *Waffe* reinigte.

Da sie ihn nun derart vorgewaschen hatte, nahm sie ihn etwas weniger widerwillig in den Mund. Wie um sie zu bestrafen, ließ er ihr kaum Zeit, sich an die Fülle in ihrem Mund zu gewöhnen. Er fixierte ihren Kopf mit seinen kräftigen Händen und stach ihr seinen Penis in den Rachen, sodass sie aufs Heftigste würgen musste.

»Kotz ins Wasser, wenn es unbedingt sein muss.«

Er gab sie frei und tatsächlich konnte sie es nicht zurückhalten. Ihr Erbrochenes verteilte sich um sie herum im Wasser. Voller Ekel musste sie erneut sein steifes Glied ertragen. Während er sich an ihr austobte, rasten ihre Gedanken. Wie lange würde sie das noch ertragen? Diese ewige Angst vor seinen sexuellen Übergriffen. Dieses plötzliche Erscheinen zu allen möglichen Zeiten, an denen sie ihm hörig zu sein hatte. Jetzt galt es zunächst, dies hier zu überstehen. Sina versuchte, sich zu beruhigen und nicht in Panik zu verfallen. Nur so würde sie alles schnell hinter sich bringen und nicht noch seinen Zorn provozieren. Sie beobachtete, wie Luke den Kopf anhob und die Augen schloss. Jetzt würde er gleich in ihren Rachen abspritzen. Die Vorstellung verursachte bereits den nächsten Brechreiz. Sie konzentrierte sich auf den Moment.

Luke stöhnte auf wie ein waidwundes Tier. Ihr Kopf wurde von ihm noch fester gedrückt. Die Masse füllte ihren Mund, verklebte ihren Rachen, drohte, in den Nasenraum zu strömen. Er hielt sie fest. Zwei weitere heftige Eruptionen folgten. Sina hustete, prustete, er entzog sich ihr, sie erbrach alles in die Wanne. Er griff seine Sachen. Sie hörte noch: »So, jetzt ist auch das Rohr frei.« Mit einem höhnischen Grinsen verließ er das Bad.

Sina kämpfte um Atem und darum, kein Sperma in den Rachen zu bekommen.

Erst als sie die Wohnungstür schlagen hörte, beruhigte sich langsam ihr Puls. Mit geschlossenen Augen wartete sie ab. Nein, sie würde nicht weinen. Sie duschte sich ab, bemühte sich, alle Überreste in den Abfluss zu spülen, putzte sich gründlich die Zähne und blickte in den Spiegel. Was sie sah, war eine Frau, die einen Entschluss gefasst hatte: Sie würde sich Hilfe holen. Und sie wusste auch schon, bei wem.

KATRIN

»Katrin, komm herein. Ich denke, du hast die Verträge mit der Weber-Immobilie dabei?«

»Sicher, Vater, immer pünktlich, das weißt du doch.«

»Natürlich. Und das schätze ich so an dir. Du hast eben doch den Biss deines Vaters. Und wie du den Tod von Paul weggesteckt hast, meine Hochachtung. Auch wenn du zwischenzeitlich etwas kürzergetreten bist, hast du das Familienunternehmen nie aus den Augen gelassen.« Nachdenklich fügt er hinzu: »Auch wenn ich früher dachte, du würdest dich gegen die Firma entscheiden ...«

»Das ist es, was ich mit dir bereden möchte.«

»Was?«

»Paul. Ich weiß, du hast ihn immer in besonderem Maße geschätzt.«

»O ja, ein brillanter Jurist. Hat unsere Auslandsverträge immer mit Bravour vorbereitet und abgeschlossen.«

»Ging es wirklich immer nur ums Geschäft?«

»Wie meinst du das, Liebes?«

»Oder hast du in ihm auch einen Sohn gesehen, den du nie hattest?«

Ihr Vater wirkt verunsichert. »Wie meinst du das? Ich habe doch dich. Sieh dich an. Und welch großartige Unternehmerin du bist. Und dank Paul hast du eine Menge über Vertragsrecht gelernt. Und das wird heutzutage immer wichtiger. Als ich jung war, wurde so mancher Vertrag noch mit Handschlag besiegelt. Das wäre heute gar nicht mehr möglich. Alle möchten sich bis aufs Kleinste absichern. Was sind das nur für Zeiten geworden.«

»Vater, lenk bitte nicht ab. Ich habe immer öfter das Gefühl, dass ich geradezu zur Hochzeit mit Paul gezwungen wurde.«

»Aber du hast ihn geliebt«, stellt ihr Vater fest.

»Ja, ich denke schon.«

»Na also.«

»Trotzdem. Du hattest mehr Gefühle für ihn, als nur sein Schwiegervater zu sein, stimmt's?«

»Na ja, er war mir bereits zu euren Schulzeiten aufgefallen. Seine Zielstrebigkeit, sein Benehmen. Und als seine Eltern ihn nach dem Abitur geradezu vor die Tür gesetzt haben …«

»Was erzählst du da? Das wusste ich gar nicht.«

»Was meinst du, warum er zum Militär gegangen ist? Auslandseinsätze, möglichst weit weg. Zwei Jahre lang. Und seine Eltern sind, für alle ziemlich überstürzt, nach Schweden ausgewandert.«

»Ja, da war nie groß Kontakt. Und zur Hochzeit kamen sie auch nicht. Trotzdem hat Paul immer betont, dass alles in Ordnung zwischen ihnen sei.«

»Jedenfalls habe ich mich immer ein wenig verantwortlich für ihn gefühlt. Ich weiß nicht, warum. Und als er dann studiert hat, habe ich ihm finanziell ein wenig unter die Arme gegriffen.«

»Du hast was?« Katrin wurde schwindelig. Ihr Vater hatte die ganze Zeit über Kontakt zu Paul? Was hat er ihr noch verheimlicht?

»Ich habe es möglicherweise als Investition gesehen. Er würde einen einwandfreien Juristen abgeben, dessen war ich mir sicher. Und ja, vielleicht habe ich mich ein wenig als Ersatzvater aufgespielt.«

»Und da dachtest du, verheirate ich ihn mal mit meiner Tochter, dann gehört er zur Familie?«

»Ich habe dich nicht verheiratet. Das Ja-Wort hast du selbst gegeben.«

»Das ist richtig. Aber du wusstest, dass ich mich schließlich für die Firma entschieden habe. Und ja, ich habe ihn geliebt und er war der passende Mann für diesen Lebensweg.«

»Dann weiß ich nicht, worüber du dich jetzt beklagst?«

»Ach, Papa, ich weiß es auch nicht so recht. Ich habe gerade das Gefühl, dass mein ganzes Leben eine Lüge ist. Aber ich weiß nicht, warum. Ich weiß nur, dass sich gerade alles falsch anfühlt. Alles, wofür ich all die Jahre gelebt habe.«

Ihr Vater tritt auf sie zu und berührt sie mit ausgestreckten Händen an beiden Armen. So viel Nähe ist für ihren Vater bereits wie eine Umarmung, das kannte sie und wertet es entsprechend. Trotzdem, sie hat noch mehr Fragen.

»Wenn du so gut mit Paul warst, warum hast du ihn dann in unserer Dependance platziert? Warum dann nicht in deiner Nähe?«

Jetzt nimmt er die Hände wieder weg, tritt einen Schritt zurück und sieht sie erstaunt an. »Er wollte es so. Ich dachte, ihr hattet darüber gesprochen.«

»Er wollte es so? Nein, das war mir nicht bekannt. Aber warum?«

»Das kann ich dir nicht beantworten. Wie gesagt, ich dachte, du wüsstest Bescheid. Ihm lag das internationale Vertragsrecht aber auch besonders gut.«

»Paul war in allem gut. Ganz egal, worin.« Außer in einem, denkt Katrin. Aber ihre Sexualität würde sie auf keinen Fall mit ihrem Vater besprechen. »Siehst du, schon wieder eine Lüge in meinem Leben. Warum hatte er mir gesagt, dass du ihn gern auf diesem Posten sehen würdest?«

»Das tat ich ja auch, aber ich habe es nicht zur Bedingung gemacht. Wie gesagt, es war seine Entscheidung.« Ihr Vater geht zum Wandschrank und öffnet eine Bar. Er schenkt zwei Gläser edlen Cognac ein und reicht einen davon Katrin. »Manchmal hilft es.«

Katrin besieht sich das Glas. Wie in alten Filmen. Wenn Humphrey Bogart oder Cary Grant ein heikles Thema zu

bereden hatten, wurde sich zunächst ein Glas Alkohol einge-
schenkt. Aber jetzt war ihr wirklich danach. »Wenn du Paul
als deinen Sohn angesehen hast, gibt es noch etwas, was ich
wissen muss?«

»Was meinst du?«

»Hast du noch weitreichendere Dinge mit ihm abgemacht
als nur geschäftliche?«

»Ich weiß nicht, was du meinst.«

Katrin sieht ihren Vater weiterhin auffordernd an. In Ver-
handlungen hat ihr diese Methode oft geholfen. Wenig reden,
einfach anstarren. Typisch männliches Imponiergehabe. Dass
sie eine Frau ist, wird dann schnell vergessen. Ob es bei ihrem
Vater genauso wirkt, kann sie nur hoffen.

»Ich … ich hatte Paul eine Vollmacht ausgestellt.«

Katrin starrt weiter. Obwohl sie die Aussage komplett aus
der Fassung bringt.

»Wenn mir etwas passieren sollte. Er hatte ja ohnehin Pro-
kura, warum sollte er also nicht alles in meinem Namen regeln
können.«

»Paul?« Katrin spürt Wut in sich hochkochen, aber in erster
Linie maßlose Enttäuschung. »Du hast eine Tochter!«

Ihr Vater senkt betreten den Kopf. »Ich weiß. Du bist bril-
lant, sehr engagiert, aber ich dachte, wenn ihr erst einmal
Kinder habt. Und du warst früher schon immer vernarrt in
Kinder. Ich dachte, du würdest dich dann aus dem Geschäft
herausziehen wollen.«

»Und das war alles deine Idee?«

»Sagen wir mal so, Paul hat mich darauf aufmerksam gemacht. Aber es war meine Entscheidung.«

Katrin hält immer noch ihr gefülltes Glas in der Hand. Jetzt
kippt sie den Inhalt in einem Zug hinunter.

»Katrin.«

»Halt, sag nichts mehr.« Sie signalisiert ihm mit der offenen, gegen ihn gerichteten Handfläche Einhalt. »Ich muss nachdenken.« Sie stellt das Glas kraftvoll auf dem Schreibtisch ab und eilt hinaus.

Sie stürmt die Treppe hinunter, passiert das Portal zum Firmengebäude und läuft in den firmeneigenen Park. Nachdem sie halb um den See mit den Schwänen gelaufen ist, beruhigt sich ihr Puls wieder etwas. Sie setzt sich auf eine Bank und überdenkt das eben Erfahrene:

Ihr Vater hatte immer Kontakt zu Paul.

Ihr Vater hat ihn im Studium unterstützt.

Ihr Vater hat ihn nicht nur eingestellt, sondern auch noch früh in gehobene Position befördert.

Ihr Vater hat eine Vollmacht auf seinen Namen verfügt.

Ihr Vater hat Paul mehr vertraut als ihr.

Ihr ist nach Schreien zumute, sie möchte aber kein Aufsehen erregen. So gelangt nur ein knurrender Laut an die Oberfläche. Wenn sich ihr Leben wie eine Lüge anfühlt, dann ist es nun gewiss: Es ist eine Lüge!

Ihr Vater hat sie von Anfang an belogen. Er hat sich nicht über den tollen Schwiegersohn gefreut, den sie in die Familie gebracht hat. Der Sohn war längst da. Er musste nur noch in der Familie installiert werden. Da kam eine Heirat gerade recht. Wie subtil ihr Vater auch immer darauf eingewirkt hatte: Sie hatte nicht geheiratet. Sie wurde verheiratet!

✳✳✳

»Rolf, darf ich dich bitte am Wochenende besuchen kommen?«

»Was ist denn los? Du klingst gehetzt.«

»Ich halte es hier gerade nicht aus. Mein ganzes Leben hier fühlt sich falsch an.«

»Aber natürlich darfst du kommen, ich habe zwar einige Klassenarbeiten zu korrigieren …«

»Das ist kein Problem. Ich werde dich nicht ununterbrochen in Beschlag nehmen«, unterbricht Katrin ihn schnell, bevor er doch noch daraus eine Absage formuliert.

»Das ist es nicht. Ich wollte dir sagen, dass ich noch jemanden zu Besuch habe …«

Katrin schießen Gedanken an eine andere Frau durch den Kopf. Natürlich, er hat eine Freundin. Sie hatten nicht darüber gesprochen. Sie ging davon aus, dass er genauso trauern würde wie sie. Und dass ihr gemeinsamer Sex etwas Besonderes gewesen sei. Aber er ist ein Mann und sicherlich umschwärmt. »Ich muss auch nicht kommen, ich dachte nur.« Am liebsten möchte sie das Gespräch sofort beenden. Wie kann sie nur so dumm sein!

»Katrin, was ist los? Mein Besuch wird sich riesig über dich freuen. Und ich mich auch.«

»Wer …?«

»Ich werde ein kleines Mädchen zu Besuch haben. Und ich kann mir nichts Schöneres vorstellen, zusammen mit dir babyzusitten.«

»O ja … das ist schön. Ich freue mich … wirklich.« Erleichterung. Trotzdem würde sie ihn gern fragen, warum er schon wieder aufpassen muss, besonders wenn er doch selbst noch arbeitet und keine Zeit hat. Aber sie unterlässt es lieber und freut sich auf ein Wiedersehen.

»Wann wirst du da sein?«

»Oh, wenn es dir nichts ausmacht, bereits Freitagnachmittag. Vorausgesetzt, ich komme gut durch. Gute eineinhalb Stunden werde ich wohl benötigen.«

»Das ist richtig. Ich bin bis um zwei in der Schule. Ab, sagen wir 16 Uhr, kannst du kommen.«

Katrin fragt sich noch, ob er einen so weiten Arbeitsweg hat. Aber vielleicht plant er lieber einen Puffer ein, weil in der

Schule noch Unverhofftes passieren kann. Aber am Freitag? Da wollen doch alle nach Hause.

Doch Rolf schiebt die Erklärung bereits hinterher. »Vorher hole ich noch die kleine Pupsi ab.«

Ach, das ist es. Erleichtert erwidert sie: »Ich freue mich. Bis dann.«

Die Aussicht auf ein weiteres Wochenende mit Rolf stimmt sie zuversichtlich. Bei Rolf hat sie das Gefühl, im richtigen Leben zu sein. Und sie muss unbedingt raus hier, aus dem falschen Leben!

SINA

Es bedurfte einiger Mühen und Zeit, die derzeitige Adresse und Telefonnummer herauszubekommen. Schließlich hatten sie sich viele Jahre nicht mehr gesehen. Nach heftigen Streitereien waren sie damals getrennte Wege gegangen. Ebenso erforderte es eine gehörige Portion Überwindung, den Kontakt auch wirklich herzustellen. Immer wieder hatte sie die Nummer eingetippt und dann doch nicht angerufen.

Einmal hatte sie es durchklingeln lassen. Als ihr Anruf angenommen wurde, brachte sie keinen Ton heraus. »Hallo … wer ist denn da? … Hallo? … Sina?« Erschrocken hatte sie die Verbindung unterbrochen. Er hatte nach ihr gefragt. Wie kam er darauf, dass sie es sein könnte? Sie hatten sich so lange nicht gesehen, geschweige denn gehört. Sie schmiss sich aufs Sofa und weinte.

Ihr ganzes beschissenes Leben zog an ihr vorbei. Der frühe Tod ihrer Mutter. Die Liebe, die sie versuchte, von ihrem Vater zu bekommen. Der Bruder, der immer zu ihr hielt. Bis sie älter wurde und sie weiterhin nicht verstand, dass ihr Vater ihre Sehnsucht nach Liebe ausnutzte. Der Bruder, der sich von ihr abwandte, da er es nicht mehr ertragen konnte, ständig ihren Schmerz zu lindern. Wie dumm war sie gewesen. Als ihr Vater eine andere hatte und mit ihr ins Ausland abgehauen war, wachte sie immer noch nicht auf. Die Typen, die sie kennenlernte, sprangen mit ihr genauso um wie ihr Vater. Nutzten sie aus, lachten sie aus und ließen sie irgendwann kaputt zurück.

Luke sollte endlich die Erlösung bringen. Ein Schwenk in ihrer Biografie, hin zu einem glücklichen Leben. Ein Leben mit echter Familie, mit einem Heim, mit Vater, Mutter, Kind. Und sie wollte dafür sorgen, dass alle glücklich und zufrieden waren. Sie dachte an die Anfangszeit zurück, als sie Luke kennengelernt hatte und die Fantasie mit ihr durchging. Die Fantasie von einer stabilen, glücklichen Zukunft.

Und jetzt? Jetzt wiederholte sich alles. Der Schmerz über den Tod ihrer Mutter brach sich. Wie damals als Kind schluchzte sie die Kissen voll und wollte sich nicht wieder fangen. Und was war schon Luke? Eine Kopie ihres Vaters. Nichts weiter. Elegant und charmant in seinem Auftreten. Aber hinter dieser edlen Fassade war er der Wolf im Schafspelz. Ihr wurde schlecht. Kopfschmerzen drückten sie nieder. Erinnerungen kamen hoch, brachen und fluteten ihr Gehirn. Frühe Erinnerungen, die schonungslos zeigten, was sie alles mit sich anstellen lassen hatte, in der Hoffnung, ihrem Vater damit zu gefallen.

Wahrscheinlich wusste sie, dass es falsch war, aber sie war emotional abhängig. Redete sich ein, dass es richtig war, was er mit ihr tat. Hatte ihre Mutter davon gewusst? Nachdem sie tot war, war es eh egal. Und sie wurde reifer und sie ließ es weiterhin zu, provozierte es sogar. Bis ihr Bruder sie verließ, da sie kein Einsehen hatte. Bis ihr Vater sie verließ, weil er eine neue Frau hatte.

Sie brauchte nur jemanden zum Reden und dann würde alles wieder gut. Folglich wählte sie die Nummer erneut. Und sie legte nicht wieder auf.

Sie sprach davon, wie sie diesen tollen Mann kennengelernt hatte, sprach davon, dass sie eine glückliche Mutter der kleinen Luna geworden war, sprach davon, dass ihr Mann beruflich häufig unterwegs war und sie sich aber häufig genug sahen. Und Geldsorgen, nein, die bräuchte sie nicht zu haben, es liefe alles bestens. Sie sprach nicht davon, dass sie sich wieder mal den falschen Mann geangelt hatte, nicht davon, dass sie nicht verheiratet waren, geschweige denn zusammenlebten. Ebenso verschwieg sie, dass Luke bislang nicht einmal die Vaterschaft anerkannt hatte. Und alles Weitere, was sie bedrückte und sie häufig wie ein nervliches Wrack aussehen ließ, brachte sie ebenso wenig über die Lippen. Sollte er doch lieber denken, dass es ihr gut ging. Und sie wollte es auch glauben. Fest glauben. Und so plätscherte ihr Gespräch dahin. Oberflächlich, belanglos, ohne Tiefgang.

Warum tat sie das? Warum schüttete sie nicht ihr Herz aus? Hatte sie nicht deswegen den Kontakt aus ihrer Vergangenheit wiederhergestellt? Es war Angst, die pure Angst, Luke könnte etwas von ihrem Telefonat mitbekommen und sie deswegen bestrafen. Doch wie sollte er etwas mitbekommen? Sie wusste es nicht. Aber früher, nach Telefonaten mit Frauke, hatte sie auch oft das Gefühl, eine Ahnung, dass Luke mehr wusste, als sie ihm erzählte.

Sina untersuchte ihr Smartphone. Gab es unerlaubt installierte Apps? Vielleicht trackte er sie und wusste immer, wo sie war. Aber wohin ging sie schon? Vielleicht konnte er sogar Gespräche mithören. Aber mit wem telefonierte sie schon? Und wenn, dann blieb sie so unverbindlich wie möglich. Wie eben.

***

Luke meldete sich nicht. Luke kam auch nicht. Sinas permanente Aufmerksamkeit im Hinblick auf sein Erscheinen und der damit verbundene erhöhte Stresslevel wechselten nach mehreren Tagen in ein nachdenkliches Gefühl der Frage: Wo war er? Fast wollte sich schon Erleichterung einstellen, ein gewisses Maß an Lockerheit und Lebensfreude zurückkehren, als sie zur Monatswende an der Supermarktkasse stand.

»Es tut mir leid, aber Ihre Karte funktioniert nicht.«

»Aber … probieren Sie es noch einmal.«

»Können Sie bar bezahlen?«

Sina nahm instinktiv ihre Tochter aus dem Sitz des Einkaufswagens und drückte sie an sich. »Nein.« Verzweifelt schob sie hinterher: »Aber das kann doch nicht sein.«

»Ich stelle Ihren Einkaufswagen hier herüber, Sie klären die Situation und kommen dann wieder.« Die Kassiererin lächelte sie zuversichtlich an. Vielleicht kam es häufiger vor, dass Kunden ihre PIN vergessen hatten oder nicht genug Bargeld mit sich führten. Aber Sina wurde gerade kalt von ihrer Zahlungsunfähigkeit überrascht.

Kaum draußen, drückte sie sich in eine Ecke des Parkplatzes und überprüfte ihre Bankdaten. Tatsächlich: kein Zahlungseingang. Hatte Luke einfach die Zahlung eingestellt? Hatte sie ausgedient? Brauchte er sie nicht mehr, also zahlte er auch nicht mehr? Sina lief es in Schauern kalt den Rücken hinunter. Dann folgte ein Schweißausbruch, und ihr Herz fing an zu rasen. Ihre Atmung ging schnell. Nahte wieder ein Zusammenbruch? Nein! Nicht hier auf dem Parkplatz. Das nicht auch noch.

Sie versuchte, ruhig zu atmen und dabei zu zählen – ein-ein-ein-aus-aus-aus – und dann immer langsamer ein- und auszuatmen. Ihr Puls beruhigte sich, sie traute sich, wieder aufzustehen. Sie zählte ihr Bargeld. Wenig, aber genug, um ein Teil von dem einzukaufen, was sie benötigte. Sie ging jedoch in den anderen Supermarkt am Ende der Straße. Diese Blöße wollte sie sich nicht geben. Sollten die doch zusehen, was sie mit ihrem vollen Einkaufswagen machten.

Zu Hause warf sie die Einkäufe auf den Küchentisch, kümmerte sich zunächst um Lunas Bedürfnisse und dann um sich. Mit den Händen schaufelte sie sich kaltes Wasser ins Gesicht. Es würde helfen, wieder klar denken zu können. Aber was half ihr klares Denken? Die Fakten waren auch mit viel Wohlwollen nicht anders zu interpretieren. Sie hatte kein Geld auf dem Konto.

Und der Grund war auch klar.

Die Tageszeitungen im Kassenbereich des Supermarktes hatten sie magisch angezogen. Sie hatte die Zeilen überflogen:

Nähere Einzelheiten über den schweren Verkehrsunfall vom Montag ... Ein Sattelschlepper hatte einen Fußgänger beim Rechtsabbiegen übersehen ... Opfer war Prokurist einer ortsansässigen Baufirma ...

Es stand kein Name dabei, aber in Verbindung mit dem bekannt gegebenen Alter von einunddreißig Jahren ließ der Artikel keine andere Vermutung zu. Es handelte sich eindeutig um Luke Bärmann.

KATRIN

»Komm herein. Wir haben uns extra beeilt, damit du nicht vor verschlossener Tür stehst, falls du früher kommst. Aber du bist pünktlich. Fast auf die Minute. Schön, dass du da bist.«

Katrin wird von Rolf in den Arm genommen, der sie fest an sich drückt und einen Kuss auf die Wange haucht. Sie wird ihm nicht sagen, dass sie bereits eine Viertelstunde in der Seitenstraße gestanden und gewartet hat. Sie wollte nicht aufdringlich erscheinen und früher als vereinbart klingeln. Katrin legt ihre Jacke in der Garderobe ab und folgt ihm ins Haus. Ein kleines Reihenhaus, deutlich kleiner als ihres, aber was hat sie erwartet? Ehe sie sich darüber Fragen stellen kann, kommt Rolf mit dem kleinen Mädchen auf dem Arm zurück zu ihr.

»Guck mal, wer da ist. Die Katrin kommt uns besuchen.« Das Mädchen streckt seine kleinen Ärmchen aus und möchte auf Katrins Arm. »Na, dann habe ich wohl verloren«, gibt sich Rolf in gespielter Demut geschlagen und lässt die Kleine in Katrins Arme krabbeln. »Das Kind muss ich abgeben und an dich komme ich nicht mehr heran.«

»Spätestens zum Batteriewechsel werden wir deine Werkstatt aufsuchen. Komm, kleine Maus, zeig mir mal deine Spielsachen.« Katrin findet selbst den Weg ins Wohnzimmer. Sie ist überrascht, wie hier alles nach Kinderbesuch aussieht. Das Mädchen scheint öfter bei ihm zu wohnen, als er zuzugeben bereit war. Dafür, dass er sie gerade erst abgeholt hat – warum bringt die Mutter ihr Kind nicht vorbei? – liegen hier viel zu viele Spielsachen wie gerade genutzt herum. Teddys, Bauklötze, ein kleines Schaukelpferd, ein Ball, Bilderbücher, alles liegt lose verteilt im ganzen Wohnzimmer herum. Oder Rolf hat es nicht so mit der Ordnung und räumt ungern auf. Die Kleine auf ihrem Arm zeigt auf eines der Bilderbücher.

»Möchtest du das Buch anschauen? Gut. Dann nehmen wir das mit aufs Sofa.«

Rolf betätigt sich offenbar in der angrenzenden Küche, denn es schallen verschiedene Geräusche hinüber und bald darauf ziehen unterschiedliche Gerüche durchs Haus. »Ich habe uns ein Pizzastück warm gemacht. Ich habe sie gestern bereits gebacken. Und danach gibt es Kaffee. Bist du einverstanden?« Rolf blickt kurz durch die Tür, um zu sehen, was sie beide so treiben und eine Antwort zu erhalten.

»Gern. Aber lass uns noch das Buch zu Ende ansehen. Ich genieße das hier gerade sehr.«

Als sie ausgelesen haben, krabbelt das Mädchen von ihrem

Schoß, rutscht mit den Füßen bis auf den Boden und hält sich dann stehend an dem Sofa fest. In dieser Position tappt es seitwärts weiter und strahlt über das ganze Gesicht. »Du übst ja schon das Laufen. Toll machst du das.«

Rolf sieht wieder um die Ecke. »Ja, sie versucht es endlich. Sie ist eher spät dran. Schließlich ist sie schon über ein Jahr alt. Aber alles noch normal.«

Katrin kann sich nicht erinnern, jemals ein so fröhliches und offenes Kind kennengelernt zu haben. Die Kleine hat bereits einen Platz in ihrem Herzen besetzt.

Als sie am Tisch sitzen und das Mädchen vergnügt mit den Händen ihre zurechtgeschnittenen Stückchen greift, will Katrin in knappen Worten von der Unterredung mit ihrem Vater erzählen. Sie kann es nicht länger für sich behalten, will ihre Sorgen loswerden, weiß aber nicht, wie sie anfangen soll. Ihr Gesichtsausdruck spricht allerdings Bände.

»Katrin, ich weiß, du bist hier, weil es Probleme gibt. Aber bitte nicht bei Tisch. Pupsi versteht sicherlich nicht alles, was du sagen willst, aber sie spürt, dass es dir nicht gut geht. Nachher. Ja?«

»Entschuldige, wenn ich dich damit behellige, aber ich dachte, mir zieht es den Boden unter den Füßen weg. Ich weiß gar nicht mehr, wer und was ich bin.«

Rolf nimmt sie in den Arm, drückt sie wieder fest an sich, streicht ihr tröstend über das Haar. »Du bist eine wunderschöne Frau mit einer anziehenden Wirkung. Zudem eine gute Unternehmerin. Und das Wichtigste: Pupsi mag dich sehr. Du hast einen tollen Draht zu Kindern.«

»Das ist lieb von dir.«

Rolf hat recht, es ist nicht die Zeit für tiefgründige Gespräche. Also flachsen sie vergnügt mit der Kleinen am Tisch. Warum er das Mädchen so oft bei sich hat, traut sie sich nicht zu fragen. Aber es ist auch egal, denn Katrin genießt die Anwesenheit des Mädchens sehr. Immer wieder beobachtet sie die Interaktion zwischen Rolf und dem Kind. Die beiden scheinen so vertraut und aufeinander eingespielt. Wieder stellt sie sich die Frage, ob da nicht mehr zwischen ihm und der Mutter läuft.

Nach einiger Zeit wird die Kleine ruhiger, stiert vor sich hin, scheint in sich gekehrt.

»Was hat sie?«

»Na, ich denke, jetzt ist der Werkstatttermin. Ich werde sie eben wickeln und gleich bettfertig machen. Dann kann sie noch ein wenig am Fläschchen nuckeln und dann ab in die Heia.«

Katrin blickt ihm hinterher, voller Bewunderung, wie selbstverständlich er mit dem Kleinkind umgeht. Wie hatte sich Paul eigentlich zu Kindern verhalten? Klar, sie wollten Kinder. Aber hatte sie ihn jemals mit Kindern erlebt? Es wollten ihr partout keine Ereignisse einfallen. Wenn sie mal bei Bekannten oder Geschäftspartnern eingeladen waren, dann haben sich die Männer meist über Politik und Geschäfte unterhalten, während sie sich für das Familienleben und die Kinder interessierte. Vielleicht war sie auch blind und wollte nicht sehen, dass Paul gar keinen Draht zu Kindern hatte. Jedenfalls kann sie sich Paul nicht in dieser Rolle vorstellen, die Rolf gerade ausübt. In Gedanken macht sie sich eine Notiz, dem Thema noch genauer hinterherzuspüren.

Die kleine Maus schwebt auf den Armen von Rolf herein, direkt auf sie zu. »So, jetzt geht es ins Bettchen. Sagst du der lieben Katrin noch gute Nacht?« Rolf lässt sie ganz dicht an Katrins Gesicht schweben. Die Kleine versucht, ihre Arme um Katrins Hals zu legen, und presst ihre Lippen gegen ihre Wange. »So und jetzt geht es ins Bettchen.« Rolf lässt sie wieder hinausschweben, dreht sich an der Tür noch einmal um und sagt: »Ein kurzes Bilderbuch noch, dann bin ich wieder bei dir. Ich freue mich auf dich.«

Katrin ist von dem Gute-Nacht-Kuss so gerührt, dass ihr Tränen kommen. Sie erhebt sich und schleicht den beiden hinterher. Was sie sieht, lässt ihr Herz erwärmen. Mit liebevoller Hingabe blättert Rolf die Seiten des kleinen Bilderbuches durch und erzählt, was darauf zu sehen ist. Die Kleine nuckelt an ihrem Fläschchen, lauscht andächtig seiner Stimme und lässt langsam die Augenlider sinken. Als sich Rolf von dem schlafenden Kind entfernt, huscht sie wieder ins Wohnzimmer, um ihn auf der Couch sitzend zu erwarten.

»Sie schläft. Jetzt haben wir alle Zeit für uns.«

Katrin hält es nicht auf dem Sofa. Sie steht auf, läuft ihm die paar Schritte entgegen, umarmt ihn, küsst ihn zärtlich und unterdrückt die nächste hervorquellende Träne.

»Hey, was ist los? Habe ich was falsch gemacht?«, fragt Rolf.

»Im Gegenteil. Du machst alles so verdammt richtig. Ich bin gerade so voller Gefühle für dich, ich würde am liebsten …«

»Was? Mit mir schlafen?«

»Ich hoffe, ich überrumpele dich nicht.«

Rolf antwortet mit einem innigen, verlangenden Kuss, hebt sie hoch und trägt sie zurück aufs Sofa. »Gleich hier.«

»Wenn du es so eilig hast, dass wir es nicht mehr in dein Bett schaffen.«

»Das ist es nicht. Ich wollte schon immer mal eine Frau in Führungsposition auf meinem Sofa vögeln.«

»Ach du!«, sagt Katrin lachend und schaut ihm tief in die Augen. »Wie ist es nur möglich?«

»Was meinst du?«

»Dass alles immer so entspannt bei dir ist. Ich kenne das so nicht. Aber ich merke, dass es mir gefällt und es mir gut dabei geht.«

»Na dann: Schließen Sie bitte die Augen, atmen Sie tief ein und aus und entspannen Sie sich.« Rolf gleitet mit der Hand über ihr Gesicht, um seine Worte zu unterstützen.

Katrin folgt seinen Anweisungen, hört, dass er offenbar seine Kleidung über den Kopf zieht, kurz darauf werden auch ihre Kleidungsstücke gelöst und ihr über den Kopf gezogen. Kurz darauf legt sich Rolfs warmer Körper an ihre Brust, Arme umschließen sie und lassen beide Körper eng aneinanderpressen. Ein herzhafter Kuss folgt der Umarmung. Ein sinnlicher, alles versprechender Kuss, der Katrins tiefes Gefühl für Rolf in sexuelle Erregung verwandelt.

Sie befreit sich aus der Umarmung, stellt sich aufs Sofa und fordert Rolf auf, sie ganz auszuziehen. Gürtelschnalle und Reißverschluss werden geöffnet, die Jeans gleitet, von Rolfs Händen geführt, über ihre Beine. Küsse begleiten die frei werdenden Stellen an ihren Oberschenkeln. Die Jeans abgestrampelt und des Slips entledigt, stellt sie sich nun so über ihn, dass sich Rolfs Kopf und Körper zwischen ihren Beinen befinden. Mit den Händen gibt sie ihm das Ziel vor. Die Schamlippen massierend und auseinanderspreizend, erwartet sie seine Zunge.

Rolf lässt sich auf das Spiel ein und schon versetzt sie sein warmer Atem in gespannte Erwartung. Seine Zunge gleitet über ihre Vulva oder dringt in ihre Vagina vor. Katrin vergräbt ihre Hände in seinen Haaren, zieht seinen Kopf dichter und genießt die ekstatischen Zuckungen, die seine Liebkosungen bei ihr auslösen. Rolf streift sich unterdessen ebenfalls seine Hosen ab und befreit damit seinen anschwellenden Schwanz aus der Enge. Katrin dirigiert Rolfs Kopf zurück, lächelt ihn an, während sie sich langsam in die Hocke begibt. Als ihre Scham sein hartes Glied erspürt, beugt sie sich vor und küsst Rolfs weiche Lippen mit wildem Verlangen. Dabei langt sie unter sich und führt seinen harten Pfahl an die eben so kunstvoll vorbereitete Stelle. Langsam, ganz langsam lässt sie ihn in sich versenken, so langsam, wie Rolf es ihr vorgemacht hat. Sein Glied pocht und zuckt in ihrer Scheide, auch seine veränderte Atmung zeigt ihr, dass sie ihn extrem scharfgemacht hat. Mit ihren Händen auf seinem Brustkorb drückt sie ihn in eine bequeme Stellung gegen die Sofalehne. In der gehockten Position nimmt sie Tempo auf und tobt sich immer schneller werdend auf seinem Schwanz aus.

»Ich möchte ..., dass du ... in mir kommst«, bringt sie stoßweise hervor. Wie um ihrer Aufforderung Nachdruck zu verleihen, lässt sie ihre Brüste zusätzlich vor seinen Augen tanzen.

Ja, Paul konnte sie zum Orgasmus bringen. Es war schön. Aber auch immer gleich. Und sie war die Passive. Jetzt will sie die Aktive sein, die Regie übernehmen. Rolf hat sie dazu animiert. Und es macht Spaß. Wünsche ausleben. Der Kitzel, ob es dem anderen gefällt. Die eigene Lust steuern.

Rolf versucht, ihre Brüste zu küssen, aber sie zieht immer weg, sodass er nicht herankommt. Sein bettelnder Blick, ihn zappeln lassen, gleichzeitig weiter seinen Schwanz stimulieren. Oh, wie gut sich das anfühlt. So frei. Und doch vereint. Katrin wird immer geiler. Lange wird sie nicht mehr durchhalten. Und Rolf scheint auch kurz davorzustehen.

Sie beugt sich wieder vor. Rolf kann ihre Brüste erreichen. Begierig saugt er eine Warze in den Mund. Dieser zusätzliche Reiz bringt Katrin zum Äußersten. »Ich komme gleich. Oh, bitte, komm du in mir. Ich möchte alles von dir.«

Rolf leckt und saugt wild an ihren Brüsten. Sein Becken drängt sich ihr entgegen. Sein Atem geht in ein Schnaufen über. Katrins Sinne fokussieren sich nur noch auf das eine: den gemeinsamen Orgasmus.

Weiter an ihren Brüsten saugend, blickt Rolf flehend und fragend zu ihr hoch. Katrin versteht, atmet durch, gibt ihren Gefühlen freien Lauf und lässt zu, dass der Orgasmus sie aus ihrem bisherigen Leben katapultiert. Rolf kommt gleichzeitig. Sein Saft spritzt in ihre Grotte und verursacht einen zusätzlichen Kick. Ihre Körper krampfen, entspannen, krampfen erneut. Wellen des Glücks durchziehen sie von unten nach oben Jetzt streicheln und kneten Hände zusätzlich ihre Körper, ihre Hände auf Brust und Armen, seine auf Po und Hüften.

Als die Erregung langsam abflaut, verharren sie noch lange in dieser Position. Eng umschlungen, sie auf ihm sitzend, spürend, wie seine Härte langsam schwindet. Ihre Herzen pochen im Einklang, ihre Atemfrequenz gleicht sich an. Katrin ist erfüllt von einem Gefühl der nie enden wollenden Glückseligkeit. Sie fühlt sich eins mit Rolf, mit der Welt, ja, mit dem ganzen Universum. Ein Gefühl, dass sie vorher nicht gekannt hatte. Sie hatte Sex und vermeintlich war es Liebe. Doch das mit Rolf findet auf einem anderen Level statt. Magisch. Erhaben. Sie weiß nicht, wie sie es ausdrücken soll und warum sie überhaupt so empfindet. Es ist einfach so, und sie hofft, dass Rolf genauso fühlt.

»Ich danke dem Schicksal, dass es uns zusammengeführt hat«, haucht sie ihm ergriffen ins Ohr. Danach folgt ein langer Kuss.

***

Zurück aus dem Bad, sitzen sie am Küchentisch und verschlingen hungrig Spiegelei auf Brot. Ein Bier ergänzt die zünftige Mahlzeit. Als Katrin etwas Eigelb aus dem Mundwinkel tropft, wischt sie es nicht gleich ab. Ihre Mutter hatte in ihrer Erziehung darauf geachtet, immer nach Etikette zu speisen. Ihre Tochter sollte sich in gehobenen Kreisen ungezwungen bewegen können. Das hieß für sie, die Benimmregeln so verinnerlicht zu haben, dass sie nicht darüber nachdenken musste, wie sie sich zu verhalten habe. Erst dann könne man frei hindurchgehen, egal, welche Tür sich öffnet, pflegte ihre Mutter immer zu sagen. Und so hat sie es beibehalten. Doch hier bei Rolf fällt etwas von ihr ab. Etwas Schweres. Sie fühlt sich so leicht und beschwingt, dass sie sich selbst nicht wiedererkennt. Und so läuft das Ei aus dem Mundwinkel und sie lächelt Rolf an und er beugt sich zu ihr und leckt ihr das Ei mit einem Kuss ab.

»Es ist alles so anders, so viel schöner, hier bei dir zu sein. Ich danke dir.«

»Du sprachst am Telefon davon, dass sich dein Leben gerade falsch anfühle. Und vorhin, dass es dir den Boden unter den Füßen weggezogen habe. Was ist los?«

»Ach Rolf, ich hatte eine Unterredung mit meinem Vater. Ich weiß gar nicht, ob ich dich damit belasten will. Du hast selbst deine Probleme.«

»Nein, erzähl bitte. Geht es um Paul?«

Und Katrin erzählt ihm sämtliche Punkte des Gesprächs mit ihrem Vater und dass sie von seiner engen Beziehung zu Paul nichts gewusst habe und ihr bisheriges Leben infrage stelle.

»Und? Was solls? Es ist nicht schön, was du alles erfahren musst, aber er ist tot. Es könnte dir egal sein, wie dein Vater zu ihm stand.«

»Wenn es nur das wäre.«

»Was meinst du?«

»Ich bin misstrauisch geworden. Wem kann ich noch trauen? Und so habe ich die letzten Tage dazu genutzt, Nachforschungen anzustellen.«

»Nachforschungen? Worüber?«

»Über Pauls Tätigkeiten in der Firma. Ich habe mir die Finanzströme, die unter seiner Regie zu- und abgeflossen sind, angesehen. Zusammen mit einer Person meines Vertrauens im Controlling habe ich nach Unregelmäßigkeiten gesucht. Oder Regelmäßigkeiten, wie man es nimmt.«

Rolf, der sich bisher als geduldiger Zuhörer erwiesen hat, sieht sie überrascht an. »Und?«

»Es gibt zwei Konten, die regelmäßig bedient wurden und offenbar in keinem Zusammenhang mit Bauaufträgen standen. Natürlich alles über mehrere Ecken verschleiert. Aber wenn man sucht, kann man auch etwas finden. Es wurden Beträge abgezweigt. Auf das eine Konto wurden eher mehr als weniger hohe Beträge überwiesen. Immer gerade so hoch, dass es nicht auffiel. Das Geld ist da, es wurde nichts abgehoben. Vielleicht als stattliche Notreserve, wofür auch immer.«

»Für den Fall, dass ihr euch scheiden lasst.«

»Das stand doch gar nicht zur Debatte. Ich verstehe das alles nicht. Über die Jahre ist es jedenfalls keine kleine Summe geblieben.«

»Wie viel?«

»Zwei Millionen.«

»Oh, das ist nicht wenig.«

»Im Vergleich zum Auftragswert mancher Bauprojekte sind das Belanglosigkeiten. Deshalb ist es auch nicht aufgefallen. Aber ja, für einen allein ist das eine beträchtliche Summe. Aber das andere Konto …«

»Was ist damit?«

»Es gibt keins. Es sind sehr regelmäßig, jeden Monat, Gelder auf ein Konto überwiesen worden, das nicht mehr existiert. Es hat sich in Luft aufgelöst.« Katrin sieht Rolf fragend an, als ob er die Lösung hervorzaubern könnte.

»Und um wie viele Millionen handelt es sich hier?«

»Um gar keine. Gut ein Jahr lang überwies er jeden Monat 1800 Euro auf dieses Konto. Warum? Mit dem Geld kann er höchstens ein gebrauchtes Auto abbezahlen. Ich kann mir darauf keinen Reim machen.«

SINA

Sina starrte vor sich ins Leere. Alles schien so leer. Die Gegenwart, die Zukunft, eine einzige Leere. Die letzte Nacht hatte sie schlecht geschlafen. Wirre Gedanken irrlichterten in ihrem Kopf und waren nicht zu fassen, geschweige denn zu sortieren. Jetzt ging es ihr verständlicherweise nicht besser, aber sie versuchte, die Gedanken zu ordnen.

Sie hatte Angst gehabt vor Luke. Ja. Aber sie hatte ihn auch geliebt. Liebte ihn noch immer. Sina war der innere Widerspruch bewusst. Und doch musste sie daran denken, dass sie ihren Vater auch geliebt hatte.

Wenn jemand stirbt, werden die Konten gesperrt. Damit war klar, dass kein Geld mehr fließen würde. Sie waren nicht verheiratet, hatten keinen gemeinsamen Hausstand. Sie würde komplett leer ausgehen. Und Luna? Sie war seine Tochter. Aber das wusste nur sie. Es gab weder eine eingetragene Vaterschaft, noch hatte sich Luke jemals in irgendeiner Weise dahingehend geäußert. Es gab also nichts, mit dem sie zumindest für Luna Unterhalt oder ein Erbe einfordern konnte. Es war nicht nur zum Verzweifeln, Sina war verzweifelt.

Was war mit Lukes Eltern? Sie hatten ebenfalls einen Schicksalsschlag zu verkraften. Hatte er ihnen je von ihr erzählt, geschweige denn von ihrer gemeinsamen Tochter? Luke hatte Eltern, das wusste sie. Sie wohnten irgendwo anders. Luke hatte nur spärlich Informationen darüber preisgegeben. Als ob er nicht gewollt habe, dass sie zu viel über ihn wusste. Luke hatte sie immer auf Distanz gehalten, wie ihr nun schmerzlich bewusst wurde. Sollten seine Eltern erfahren, dass sie eine Enkeltochter haben? Lieber nicht, sonst erhoben sie noch

Ansprüche auf das Kind. Sina wollte ihre Tochter aber nicht mit fremden Menschen teilen. Aber finanziell würden sie ihr vielleicht unter die Arme greifen.

Sina war so in Gedanken versunken, dass sie kaum mitbekam, wie Luna um ihre Aufmerksamkeit kämpfte. Schließlich riss sie sich aus ihrem Loch der Verzweiflung und funktionierte wieder als liebende Mutter. Und wie sehr sie Luna liebte! Sie drückte sie fest an sich, ihr die Gewissheit vermittelnd, dass sie es schon mehr oder weniger schaffen würden.

Am nächsten Tag wählte sie erneut die Nummer, die sie schon einmal gewählt hatte, um sich Hilfe zu holen. Damals war sie zu feige gewesen, ihre wahren Probleme auf den Tisch zu legen. Jetzt waren die Probleme anderer Natur. Wenn es um die blanke Existenz ging, verblasste auch das vorher größte Unglück dagegen.

»Sina, ich freue mich, dass du dich wieder meldest. Ich hatte schon Angst, auf ewig nichts mehr von dir zu hören. Wieder einmal.«

»Ach, Teddy, du bist eben doch mein großer Bruder.«

»Was ist los, du klingst nicht gerade glücklich.«

»Das bin ich auch nicht.«

»Ehrlich gesagt klang bei unserem letzten Telefonat auch etwas zwischen den Zeilen durch. Ich war nicht überzeugt, dass es dir wirklich gut geht.«

»Teddy. Kannst du kommen? Es ist wirklich dringend.«

Einige Stunden später, Stunden des Wartens und Hoffens, klingelte ihr Bruder an der Tür. Unsicher sah sie ihn an und er sie, ehe sie sich in die Arme fielen und vor Glück weinten.

»Ich dachte, ich hätte dich für immer verloren.«

»Ich doch auch. Ich bin so froh, dass du so schnell kommen konntest.«

»Wo ist Luna? Ich bin so gespannt auf deine Tochter.«

Sina war froh, nicht gleich über ihre Probleme ausgefragt zu werden, sondern zuerst ihr größtes Glück präsentieren zu dürfen. Luna lag schon in ihrem Bettchen, lächelte aber, als sie ihren ihr unbekannten Onkel entdeckte, und streckte sogar die Ärmchen aus.

»Nimm sie ruhig heraus. Sie scheint dich zu mögen.« Ihr Bruder stellte sich keinesfalls ungeschickt an. Sina fragte sich, ob er wohl selbst Kinder habe.

Er schien ihre Gedanken in Anbetracht der Situation zu erraten und stellte klar: »Nein, ich habe keine Kinder. Mir ist die richtige Frau bislang nicht über den Weg gelaufen. Aber als Lehrer habe ich tagtäglich viele Kinder um mich. Da erträgt sich der Umstand leichter. Aber du hast das große Los gezogen?«

In seiner Frage schwang sogleich der Zweifel mit. Sina blieb nichts anderes übrig, als die Situation, in der sie steckte, schonungslos zu schildern. Zwischendurch erinnerte sie sich daran, ihrem Gast etwas zu trinken anzubieten und ihm ein Abendbrot in Aussicht zu stellen. Dann sprudelte es weiter aus ihr heraus. Es tat so gut, sich jemandem zu offenbaren.

»Und dann meldete er sich ewige Tage nicht.« Sina schluchzte. »Und jetzt ist er tot. Hier.« Sie schob dem überraschten Bruder die Zeitung mit dem Artikel über den Unfall hin.

Der Lkw bog mit überhöhter Geschwindigkeit in die Blumenallee ein, geriet dabei mit dem Ausleger über den Bürgersteig und riss den einunddreißigjährigen Prokuristen einer hiesigen Baufirma mit. Die Polizei ermittelt nun gegen den Lkw-Fahrer, der die auf Rot springende Ampel offenbar bewusst missachtet hatte.

»Er ist es. Eindeutig.« Bekräftigte Sina ihre Schlussfolgerung aus dem Unfallbericht.

»Sie schreiben keinen Namen.«

»Einunddreißig. Prokurist einer Baufirma. Er meldet sich nicht mehr und ich bekomme kein Geld mehr überwiesen.«

»Wenn jemand stirbt, werden sofort die Konten eingefroren, das ist tatsächlich so. Da muss erst einer mit einem Erbschein kommen. Es sei denn, er hatte eine Vollmacht erteilt. Hat er?«

»An mich? Bestimmt nicht.«

»Tja, dann wird es in der Tat schwierig.«

Sie schwiegen eine Weile gedankenverloren.

»Ich unterstütze dich natürlich. Und dann musst du zum Amt. Es nützt nichts.«

»Du sollst mich nicht unterstützen. Ich will dich damit nicht noch finanziell belasten. Ich werde mir wieder eine Arbeit suchen.«

»Aber Luna ist noch so klein, sie braucht dich.«

»Du hast recht. Wie soll ich das bloß unter einen Hut bringen?«

»Ich habe ein wenig gespart und als Lehrer verdiene ich nicht ganz schlecht. Lass mich dir bitte helfen.«

Sina nahm ihren Bruder in den Arm. Tränen traten ihr in die Augen. Vor Glück, dass sie nicht mittellos dastehen musste. Vor Scham, dass sie sich ausgerechnet von ihrem Bruder abhängig machen musste. Plötzlich durchzuckte sie ein Gedanke.

»Warte mal, Luke hat mal erwähnt, dass er eine Lebensversicherung für mich abschließen würde.«

»Hat er?«

»Ich weiß es nicht«, gab sie kleinlaut zu. Der positive Gedanke fiel bereits wieder in sich zusammen.

»Wenn es so ist, dann stehst du als Begünstigte da drin. Dann wird sich die Versicherung schon melden.«

»Ja, das müsste sie.« In Sina kroch erneut Hoffnung hoch. So hätte sein Tod für sie doch etwas Gutes. Die Angst vor seinen Übergriffen würde sich auflösen. Sie könnte wieder frei in den Tag leben. Die finanziellen Sorgen wären bis auf Weiteres unbegründet. Wenn Luna größer war, konnte sie selbstverständlich wieder dazuverdienen. Blieb der Verlust ihrer Liebe. Eine Liebe, die in ihr saß wie ein Krebsgeschwür. Denn mit Verstand betrachtet schadete ihr diese Liebe bloß. Aber wer liebte schon mit Verstand.

Ihr Bruder war an den Kühlschrank getreten und blickte hinein. »Viel ist es nicht. Ich geh schnell und besorg uns noch was. Und dann essen wir gemütlich zu Abend. Okay, liebe Schwester? Wenn der Bauch voll ist, sieht vieles schon nicht mehr so schlimm aus.«

Sina war überglücklich, dass sie wieder Zugang zu ihrem Bruder hatte. Sie hätte es ihm nicht verübelt, wenn er jeglichen Kontakt abgelehnt hätte. So wurde er durch sie wieder an die alten Familiengeschichten erinnert. Das muss auch für ihn nicht leicht sein, dachte sie. Aber kann man überhaupt je die Vergangenheit vergessen? Verdrängen vielleicht. Aber nur so lange, bis sie sich einem wieder aufdrängt. Und das tut sie gerade dann, wenn man am wenigsten damit rechnet. Bei ihr war es das Erkennen der wahren Persönlichkeit von Luke. »Dieses frauenverachtende Arschloch!« Sina schrie ihren letzten Gedanken heraus. Davon wurde Luna unruhig, schaffte es dadurch jedoch, Sina auf andere Gedanken zu bringen.

»Schhhhhh, Luna. Du kannst nichts dafür. Du bleibst trotzdem mein kleiner Liebling. Ich werde dir auch nie erzählen, was für ein mieser Kerl dein Vater war. Denn jetzt ist er tot. Und über Tote soll man nichts Schlechtes sagen. Ich habe ihn geliebt. Ja, das habe ich. Das liegt daran, dass ich selbst so ein verkorkster Mensch bin. Ich habe ihn geliebt, daher kann ich auch viel Gutes über ihn erzählen, später mal, wenn du älter bist und wissen möchtest, warum du so gut aussiehst. Denn das hast du mit Sicherheit von deinem Vater.« Sina drückte Luna an sich, die sich das gern gefallen ließ.

Sina nahm sich vor, dass sie alle Liebe, die sie in sich trug und zu vergeben hatte, nun komplett auf ihre Tochter lenken wollte. Auch den Teil, der noch für Luke vorgesehen war. Wäre das zu viel Liebe? Würde sie ihre Tochter damit erdrücken? Gut, einen kleinen Teil könnte sie ihrem Bruder schenken. Ihrem Retter in der Not.

Teddy kam mit den Einkäufen zurück. Sina konnte seinen Gesichtsausdruck nicht eindeutig interpretieren. Er sah nachdenklich aus, als er die Einkaufstasche absetzte, schien mit sich zu ringen. Irgendetwas schien ihn zu beschäftigen, mit dem er nicht gleich herauswollte.

»Ist etwas passiert?«, fragte sie daher besorgt.

»Ich bin mir nicht sicher, was ich von der Neuigkeit halten soll.« Er schmiss eine Ausgabe der neuesten Tageszeitung auf den Tisch. »Es ist ein Bild, mit Namen veröffentlicht. Es ist nicht Luke. Ist das gut? Oder ist das schlecht, weil er dich jetzt weiterhin bedrängen wird?«

Sina riss die Zeitung an sich und blätterte fahrig die Seiten durch. Ihre Gefühle fuhren Achterbahn. Finanziell würde sich dadurch sicher alles wenden. Möglicherweise hatte er nur den Überweisungstermin vergessen und würde ihr das Geld in den nächsten Tagen zukommen lassen. Gleichzeitig kamen Zweifel auf: War es nicht ein Dauerauftrag gewesen? Zugleich meldete sich ihr Nervenkostüm und signalisierte Angst. Angst vor seinen Übergriffen. Schweiß trat ihr auf die Stirn.

Rolf bemerkte ihr emotionales Durcheinander und half ihr, die richtige Seite des Lokalteils zu finden. »Hier ist es.« Er tippte mit dem Finger unter eine Abbildung mit dem Porträt des Toten. »Hier steht ein anderer Name ... nicht Luke Bärmann.«

Sina starrte das Bild an. Ihr Körper verkrampfte sich. Jegliche Farbe wich aus ihrem Gesicht.

»Ich kann verstehen, dass dich das ängstigt. Schließlich

kann er hier jederzeit wieder auftauchen und dann geht diese verfickte Scheiße weiter. Sina?« Rolf konnte sie gerade noch halten, bevor sie seitlich vom Stuhl gekippt wäre. Er bettete ihren ohnmächtigen Körper auf den Fußboden, legte ihr die Beine hoch und wartete, bis das Blut wieder in ihren Kopf zurückströmte. Nach ein paar Sekunden blinzelte sie ihn bereits wieder aus ihrer neuen Position an.

»Das ... das Bild ... Ich verstehe das nicht.«

»Was ist mit dem Bild?«

»Der Mann auf dem Bild ... das ist Luke!«

KATRIN

Verschlafen bemerkt Katrin, wie Rolf unter ihre Decke kriecht. Müde fragt sie: »Wo warst du?«

Im Flüsterton antwortet Rolf: »Ich habe Pupsi ein Fläschchen gemacht. Dann schläft sie gleich noch ein Stündchen und wir haben noch Zeit für uns.«

Rolf robbt über ihren Körper. Katrin tastet nackte Haut. Auch sie ist nackt. Sie erinnert sich, dass sie gestern so eingeschlafen sind, nachdem sie lange ihre Körper und Seelen mit Sex und Streicheleinheiten verwöhnt hatten. Jetzt fühlt es sich an, als ob Rolf schon wieder könnte. Warum nicht ausnutzen, was ihr geboten wird. Noch halb im Traum öffnet sie ihre Schenkel, sodass Rolf dazwischenrutschen kann. Sie ist bereits feucht, bevor sich der Gedanke an neuerlichen Sex in ihrem Kopf geformt hat. Und so überspringt sie einfach jedes Nachdenken und genießt von Anfang an sein Eindringen.

Die altbekannte Missionarsstellung, die Paul mit ihr so oft und regelmäßig praktiziert hat. Woran liegt es, dass es mit Rolf ungleich schöner ist? Weil es nur eine Variante ist? Und sie die Gewissheit hat, jederzeit etwas anderes anzuregen? Warum hat sie es bei Paul nicht getan? War er der Typ, der kein Widerspruch zuließ? *Halt, nicht denken! Nur fühlen, sich hingeben und genießen.*

Rolf schiebt ihr ein Kissen unter, ihr Becken kommt höher und sie kann es freier bewegen. Eine kleine Variante und so wirkungsvoll. Sie zieht Rolf zu sich und umarmt ihn fest. Ich lasse ihn nie mehr los, denkt sie, diesen superzärtlichen, verständnisvollen, kinderlieben Mann. Als sie bald darauf kommt, haucht sie ihm ein »Ich liebe dich!« ins Ohr. Nach einigem Zögern entgegnet Rolf ebenfalls: »Ich liebe dich auch.« Und er murmelt etwas in sich hinein, während er sich von ihr herunterrollt.

Sie vernimmt etwas wie »Das macht es nicht gerade einfacher«. Hat er das wirklich gesagt? Oder hat sie sich nur verhört und interpretiert etwas hinein. »Was meinst du?«, fragt sie zögerlich nach.

»Was? Ach so ... ähm ... Es macht es nicht einfacher, dich wieder gehen zu lassen und die Woche ohne dich zu verbringen.«

»Das hast du lieb gesagt.« Katrin ist beruhigt und kuschelt sich in seine Arme.

Wie entspannt der Sex mit ihm ist. Und dass sie das wieder empfinden darf, dieses Gefühl, geliebt zu werden. Und vor allem: Liebe geben zu dürfen. Über ein Jahr lang hat ihr auch dies gefehlt. Die Liebe, die in ihr steckt, jemand anderem zu geben. Das ist ein noch größeres Glück, als geliebt zu werden, findet sie. Das größte Glück ist natürlich, von dem Menschen, den man liebt, ebenso geliebt zu werden. Dabei kennt sie Rolf erst seit ein paar Wochen. Kennt sie ihn eigentlich wirklich? Meist haben sie von ihren Problemen gesprochen.

»Erzähl mir etwas von deiner verstorbenen Frau. Wie sind deine Eltern? Hast du eigentlich Geschwister? Irgendwie sind wir nie dazu gekommen. Tut mir leid, wenn ich dich zu sehr mit meinen Problemen belastet habe.«

Rolfs Atem verändert sich, das spürt sie deutlich. Sie hebt den Kopf von seiner Brust und sieht ihn an.

»Meine Mutter ist schon früh verstorben. Und mein Vater hat neu geheiratet. Er lebt irgendwo im Ausland.«

»Wann ist deine Mutter gestorben?«

»Ich war siebzehn, meine Schwester vierzehn.«

»Du hast eine Schwester?«

Hat er etwa feuchte Augen? Sie stützt sich auf die Arme und blickt ihn von oben an. »Was ist los? Du wirkst plötzlich so verstört?«

Rolf wendet sich ab, will offenbar seine Tränen verbergen. Dann dreht er sich wieder zu ihr und blickt suchend in ihre Augen. »Katrin, ich möchte, dass du weißt, dass ich dich nie belogen habe. Ich habe dir nur nicht alles gesagt.«

Katrin rückt instinktiv ein Stück von ihm ab, wickelt die Decke zum Schutz um sich. Kennt sie doch so wenig von Rolf? Wer ist dieser Mann, dass er seine Probleme, und die hat er offensichtlich, solange vor ihr verbergen konnte? »Ich verstehe nicht ganz. Was hast du mir nicht gesagt? Warum solltest du lügen?«

Rolf sieht sie an, holt tief Luft, zögert, setzt schließlich zum Reden an. »Letztlich dreht sich alles um Luke Bärmann.«

»Wer ist Luke Bärmann?«

»Genau das ist das Problem. Ich weiß nicht, wo ich anfangen soll.«

»Bist du schwul? Kein Problem. Ich komme damit klar.« Sie rückt noch weiter von ihm ab. »Aber dann verstehe ich nicht ...«

»Das ist es nicht. Ich bin nicht schwul. Und ... ich habe mich in dich verliebt. Das vereinfacht die Situation nicht gerade.«

Also doch, sein gemurmelter Satz von vorhin hat anderes zu bedeuten. »Die Situation? Vereinfachen? Du sprichst in

143

Rätseln. Aber …«, Katrin rückt wieder näher, »das mit dem Verlieben finde ich schön.« Sie beugt sich über ihn und küsst ihn auf die Stirn. »Komm, lass uns tauschen und dann kommst du in meinen Arm.«

Katrin legt sich in halb sitzender Position auf die Kopfkissen, nimmt Rolf in den Arm, um ihm ein beschützendes Gefühl zu geben. Mit einem Kind würde sie es doch genauso machen. Erst einmal eine ruhige, geborgene Situation schaffen. Mit Körperkontakt Nähe aufbauen, dann würde es schon von allein anfangen, sich zu öffnen. Man muss nur geduldig warten.

Rolf braucht eine Weile, bis er die ersten Worte findet.

»Meine Mutter ist nicht einfach so gestorben. Sie hat sich das Leben genommen.«

Katrin drückt ihn fester an sich, will ihn aber nicht unterbrechen.

»Mein Vater war ein Tyrann. Ich denke, sie ist daran zerbrochen. Man hat sie in einem Hotelbett gefunden. Eine Überdosis Schlaftabletten. Sie muss es geplant haben. In einem Abschiedsbrief drückte sie noch ihre Liebe zu uns Kindern aus. Und es täte ihr leid, aber es ginge nicht mehr.«

»Das ist ja schrecklich. Was hat euer Vater Schlimmes gemacht?«

»Meist ging er sehr subtil vor. Vor uns war er immer nett zu meiner Mutter. Aber wenn wir bei Freunden oder beim Sport waren, dann muss er offenbar über meine Mutter hergefallen sein. Sie wirkte oft verstört, versuchte, sich nichts anmerken zu lassen. Aber natürlich haben wir gespürt, dass etwas nicht stimmte.«

»Hat er sie geschlagen? Und euch auch?«

»Ich denke schon, dass er unsere Mutter geschlagen hat. Dann aber so, dass es keine Blessuren gab. Zumindest nicht da, wo man sie sehen konnte. Uns hat er nicht geschlagen, aber ein Blick von ihm konnte genügen. Dann verstummst du. Du kannst nichts dagegen machen. Du willst dich auflehnen. Willst wissen, was da läuft. Aber du verstummst. Hast Angst.« Rolf laufen die Tränen hinunter. Katrin lässt ihn gewähren, streichelt seinen Kopf.

»Mein Vater war nach dem Tod unserer Mutter nicht einfacher. Ich bin ihm nach Möglichkeit aus dem Weg gegangen. Meine Schwester allerdings hat versucht, sich lieb Kind zu machen. Ich habe ihr immer gesagt, sie soll das sein lassen, das hätte keinen Zweck. Sie könne ein Biest nicht zähmen. Und ich hatte Angst, dass er sich an ihr vergeht.«

»Hat er?«

»Ich weiß es nicht. Aber letztlich befürchte ich es.«

»Letztlich?«

»Meine Schwester ...« Rolf räuspert sich. Hat offenbar einen Kloß im Hals. Einen schweren Kloß. »Meine Schwester hat ihn geradezu dazu aufgefordert. Es war wohl ihre Art, sich die väterliche Liebe zu erkaufen. Und er wird es ausgenutzt haben. Aber bestimmt nicht aus Vaterliebe.«

»Das ist ja schrecklich. Sie war doch noch ein Kind.«

»Aber schon in der Pubertät. Sie hatte wohl keine Ahnung, was sie sich für ihr Leben antat.«

»Das ist ja furchtbar. Habt ihr denn keine psychologische Hilfe gehabt? Damals, nach dem Tod eurer Mutter?«

»Ja, selbstverständlich. Aber was erzählt man einer Psychologin, die den Vater offenbar toll findet? Er hatte sie genauso um den Finger gewickelt wie alle anderen in seiner Umgebung. Und da meine Mutter keine konkreten Anschuldigungen gegen ihn erhoben hatte, wurde auch nie eine Frage zu seiner Rolle gestellt. Der einzige Hinweis war, dass sie ihn in ihrem Abschiedsbrief mit keiner Silbe erwähnte.«

»Und was ist jetzt mit deiner Schwester? Habt ihr noch Kontakt?«

»Meine Schwester …« Rolf stockt erneut. »Wir haben lange keinen Kontakt gehabt. Ich wusste nichts über sie, über viele Jahre nicht. Wusste nicht, ob es ihr gut geht oder sie sich ins Verderben gebracht hat.«

»Wie kann das sein?«

»Ich habe immer auf sie aufgepasst. Sie getröstet, wenn es ihr schlecht ging. Sie hat mich deswegen *Teddy* genannt. Aber ich hatte bald das Gefühl, sie wollte, dass es ihr schlecht geht. Meine Schwester hatte sich später immer komische Typen ausgesucht. Ich habe mich oft gefragt, ob sie sich an unserem Vater orientierte. Ein Arschloch, aber attraktiv. Vielleicht suchte sie jemanden, den sie therapieren konnte. Aber das ist natürlich abstrus. Sie war diejenige, die eine Therapie brauchte. Am Ende litt immer sie darunter. Das musste ihr doch klar gewesen sein. Wir haben uns darüber so zerstritten, dass wir keinen Kontakt mehr hatten. Verstehst du, ich konnte nicht mehr. Mich hat sie jedes Mal mit runtergezogen in ihre Hölle.«

»Was ist dann passiert?«

»Sie hat sich eines Tages gemeldet. Sie hatte offenbar ihren Traummann gefunden, den sie sehr liebte. Sie hätten auch bereits eine kleine Tochter. Und Geldsorgen, nein, Geldsorgen hätten sie keine. Alles hörte sich so gut an.« Rolf schluchzt auf. »Ich habe nichts bemerkt. Verstehst du? Ich habe nichts bemerkt. Sie war glücklich. Sie sprach davon, dass sie bald heiraten wollten.«

Katrin versucht, ruhig zu bleiben, obwohl sie innerlich vor Neugierde platzt, alles zu erfahren, was in Rolfs Familie so abgelaufen ist. Sie versucht, sich mit Rolfs Atemfrequenz zu synchronisieren, bis sie im Einklang mit ihm ist. Dann verlangsamt sie ihre Atmung und hofft, dass sich ihr Atemrhythmus auf ihn überträgt und ihn damit beruhigt. »Lass dir Zeit. Ich halte dich. Ich halte dich ganz fest. Und dann erzählst du mir, was du nicht bemerkt hast und welche Zweifel dir kamen.«

»Er sei Jurist in einer großen Firma, beruflich oft im Ausland unterwegs, aber es würde sich schon eine Gelegenheit ergeben, ihn eines Tages kennenzulernen. Wir wohnten nicht so dicht zusammen, aber ich hätte gleich hinfahren sollen. Ich hätte ihn kennenlernen sollen. Aber ich habe es nicht getan. Obwohl mir doch leise Zweifel an ihrer Geschichte kamen. Und jetzt bereue ich es, dass ich nicht früher hingefahren bin.«

Katrin stutzt. Unsicher fragt sie nach: »Du hörst dich an, als wäre deine Schwester tot.«

Rolf blickt ihr in die Augen. Starr. Als wenn er hofft, dass sie die Antwort selbst findet.

»Sie ist ... tot?«

Rolf nickt stumm.

»Wann? Ich meine, wann ist sie gestorben?«

»Sie hat sich ebenfalls das Leben genommen. Erst meine Mutter. Jetzt sie. Ich fühle mich so allein.«

Rolf verbirgt sein Gesicht in seiner Armbeuge und weint. Katrin sieht erschrocken zu, wie dieser sportliche, starke Mann in sich zusammenbricht. Wie sein Körper unter den seelischen Qualen zuckt und sich windet. Dieser Mann, der ihr so fest im Leben zu stehen scheint, wird zu einem Häufchen Elend. Sie selbst hat ihren Mann verloren. Noch ein Jahr später stand sie regelmäßig an seinem Grab. Wer könnte Rolf besser verstehen als sie? Sie kennt die Schmerzen des Verlusts eines geliebten Menschen. Bei ihr haben solche Weinkrämpfe oft Stunden gedauert. Sie würde Rolf in dieser schweren Phase eine Stütze sein. Ihre Gedanken wandern zurück zu seiner Schwester. Ihr ist es unverständlich, wie sie sich als Mutter das Leben nehmen konnte. Sie trägt doch Verantwortung für ihr Kind. Wie verzweifelt musste sie gewesen sein. Ebenso ihre Mutter.

»Du hast vorhin einen Luke Bärmann erwähnt. Hat der was damit zu tun?«

»Sie hat sich dann erneut gemeldet. Sie klang verzweifelt, bat mich zu kommen. Dann hat sie mir alles erzählt. Dieser Luke hat die Vaterschaft nie anerkannt. Aber er hat ihr Unterhalt gezahlt. Wie ich erfahren habe, hat er sie ausgehalten, um sie für sich als Hure zu halten.«

»Das klingt ja furchtbar! Und du konntest nicht intervenieren?«

»Nein. Bevor ich mich dazwischenschalten konnte, war er verschwunden. Kurz darauf bekam meine Schwester keinen Unterhalt mehr. In der Zeit wurde in den Zeitungen über einen schweren Verkehrsunfall berichtet. Das war nicht weiter wichtig, bis eines Tages das Porträt des Opfers abgebildet war. Da wussten wir, dass er tot war und sich deshalb nicht mehr melden konnte. Gott sei Dank, muss ich sagen. Ich weiß nicht, was sonst passiert wäre. Vielleicht hätte ich das noch übernommen.«

»Ihn zu töten? Ich kann dich sogar verstehen. Trotzdem gut, dass du es nicht tun musstest. So ein Arsch. Wenn ich mir vorstelle, von jemandem ausgehalten zu werden, um ihm sexuell zu Diensten zu sein. Wie kann das überhaupt möglich sein?«

»Er hatte sie nach und nach isoliert. Sie hatte keinen mehr, dem sie sich öffnen konnte. Von mir wusste er nichts. Dadurch, dass wir unterschiedliche Wege für unser Leben gefunden hatten, war der Kontakt abgebrochen. Dieser Luke hatte angeblich eine Lebensversicherung für sie laufen. Aber da kam nichts.«

»Warum nicht? Hatte er gar keine abgeschlossen? Hatte deine Schwester keine Unterlagen darüber?«

»Ich sag ja, sie war in Sachen Männer sehr leichtgläubig. Wahrscheinlich hatte er ihr das Blaue vom Himmel gesponnen, um sie nach und nach in sein Netz zu ziehen.«

»So ein Betrüger!«

Rolf schweigt wieder.

»Und was ist mit dem Kind? Eine Tochter, sagst du? Wo ist sie jetzt?« Während sie diese Frage stellt, kommt ihr bereits eine Ahnung.

Rolf guckt sie an, fragend, als ob sie nicht verstehen wolle.

»Pupsi? Sie ist die Tochter deiner Schwester? Es gibt gar keine Freundin …«

»Luna. Sie wird gerade vom Jugendamt betreut. Das Verfahren läuft. Ich werde sie hoffentlich bald ganz zu mir nehmen dürfen.«

»Das würdest du tun? Ah, daher der Aufkleber auf deinem Auto. Baby on Board.«

»Es ist das Auto meiner Schwester. Ich werde ihn drauflassen.«

Katrin durchläuft ein Schauer. Ein Mann, der sich so sehr um ein Kind kümmern möchte, das noch nicht einmal sein eigenes ist. Das beeindruckt sie zutiefst. Gleichzeitig wird ihr eigener Wunsch nach Kindern wieder wach und durchströmt sie mit einem wohligen Gefühl. Ihre Kinderlosigkeit wird ihr wieder schmerzlich bewusst. In dieses Wechselbad der Gefühle fällt Rolf mit einem verheerenden Satz.

»Sei froh, dass du kein Kind mit Paul hast.«

Katrin blickt ihn ungläubig an. »Was sagst du da? Warum soll ich froh darüber sein? Ich habe es immer bedauert. Gerade nach seinem Tod. So bleibt mir nichts von ihm. Wie kannst du nur so etwas sagen?«

Rolf guckt sie unverwandt an. Schweigt.

»Was ist? Warum schaust du so? Du hast Luna, die dich immer an deine Schwester erinnern wird. Und du kämpfst sogar um das Sorgerecht.«

»Das Grab …«

»Ja, was ist überhaupt mit deiner Frau? Du erzählst mir all die Dinge über deine Schwester. Ich weiß gar nichts über deine verstorbene Frau.«

»Es gibt keine verstorbene Frau. Das hast du angenommen und ich habe dich in dem Glauben gelassen.«

»Moment mal, erst gibt es keine Freundin, auf deren Tochter du aufpasst, jetzt gibt es keine verstorbene Ehefrau … Ich verstehe das alles nicht. Warum lügst du mich an?«

»Katrin, das Grab ist die Ruhestätte meiner Schwester.«

»Wieso liegt sie bei uns auf dem Friedhof? Du sagtest doch, sie wohne weit weg.«

»Katrin, wie gesagt, da sind keine Lügen, ich habe dir nur nicht alles erzählt.«

Katrin springt aus dem Bett und beginnt, sich anzuziehen. Wer weiß, was noch alles kommt, von diesem Mann, dem sie eben noch gesagt hat, dass sie ihn liebe. Sie braucht einen Schutzpanzer und den kann ihr nur ihre persönliche Kleidung geben und nicht seine Bettdecke. Sie steht unbewusst in der Nähe der Tür. Jederzeit bereit zu flüchten.

»Bleib, bitte. Ich muss das jetzt alles loswerden. Ich konnte doch nicht ahnen, dass es mit uns so weit kommt. Nun ist es aber passiert und ich liebe dich und ich möchte nicht, dass unsere Liebe zerstört wird. Und ich möchte dein Andenken nicht zerstören.«

»Wovon redest du?!«

»Meine Schwester hat diesen Typen trotz allem geliebt. Auch wenn er sie total runtergezogen hat. Ihr letzter Wille war, neben diesem Mann begraben zu werden.«

»Neben diesem Mann? Was bedeutet das?« Katrin macht Halt suchend einen Schritt zurück, bis sie gegen die Tür stößt.

»Luke Bärmann ist in Wahrheit Paul Biermann.«

»Was sagst du da? Du spinnst doch! Wie soll denn … das geht doch gar nicht …«

»Verstehst du denn nicht? Luna ist die Tochter deines Mannes.«

»Luna ist die Tochter dieser Bestie. Sie kann unmöglich von Paul sein.« Entsetzt rutscht sie an der Tür hinunter, hockt auf dem Boden und verbirgt erschüttert den Kopf in ihren Armen. Bilder schießen ihr ins Gedächtnis: ihr Traumbild, Paul mit dem schrecklichen Blick eines Raubtiers. Sandra, die so entsetzt gestarrt hat, als sie sie nach dem Sex mit Paul befragte. Paul, der mit ihr nur in der Missionarsstellung schlief, soll diese Bestie sein? Wie passt das alles zu dem Bild, das sie vorher von ihm hatte? Hat er ihren Vater manipuliert? So wie er ein paar Finanzströme manipuliert hat? Wie konnte sie sich so in einem Menschen täuschen?

»Das Konto, das du entdeckt hast, es war der Unterhalt für meine Schwester. Als du von dem Konto erzähltest, wusste ich, dass ich nicht länger schweigen kann. Du bist hartnäckig, du würdest es herausfinden, früher oder später.«

»Paul! Wer war dieser Mann? Ein komplett anderer, als ich dachte. Alles, wirklich alles, entpuppt sich als Lüge. Zeugungsunfähig? Pah, er hat ein Kind. Aber nicht mit mir. Du hast gesagt, ich solle froh sein, dass ich kein Kind mit Paul hätte. Jetzt verstehe ich, was du meinst.«

»Es tut mir leid. Wirklich. Ich hätte dir die Wahrheit gern erspart.«

»Luna, ich will Luna sehen.« Katrin rappelt sich wieder auf, öffnet die Tür und rennt ins Zimmer mit dem Bettchen. Luna strampelt bereits vergnügt unter ihrer Decke. Als Katrin in das Bettchen schaut, bekommt sie das herzerweichendste Lächeln des ganzen Universums. »Süße, kleine Luna. Ich fasse es einfach nicht.« Sie sucht die Ähnlichkeit zu Paul, aber Luna scheint eher die Züge ihrer Mutter, einer sehr schönen Frau, geerbt zu haben. Vielleicht ist es gut so. Sie möchte nicht an Paul erinnert werden, wenn sie Luna ansieht.

Sie hebt das Kind heraus und drückt es an sich. Luna. Luna. Luna.

Rolf steht angezogen hinter ihr. Lächelt sie beide an. »Ein wunderschönes Bild, euch beide so zu sehen. Du hättest auch anders auf sie reagieren können.«

»Wie kann ich ihr böse sein? Sie kann doch nichts dafür. Ist sie nicht auch betrogen worden? Ein Vater, der sie nicht will. Eine Mutter, die sich das Leben nimmt. Sie ist so allein in der Welt.« Katrin lässt ihre Tränen laufen. »Ich fühle mich auch so allein.«

Rolf umschließt beide mit seinen Armen. »Wir sind nicht allein. Wir haben uns.«

»Ach Rolf, ich wüsste gerade nicht, was ich ohne dich machen würde.«

»Ohne mich würdest du nichts von all dem wissen und hättest glücklich weitergelebt.«

»Glücklich? Ich war nicht glücklich. Ich wusste es nur nicht besser. Bis du in mein Leben tratst.«

»Katrin, ich will jetzt nichts mehr für mich behalten. Unser Zusammentreffen war kein Zufall.«

»Was kommt jetzt noch? Schlimmer kann es nicht mehr werden, oder?«

»Nein. Ich möchte nur, dass du weißt, dass ich auf dich gewartet habe. Ich wollte die Ehefrau dieses Kerls kennenlernen, der meine Schwester in den Tod getrieben hat. Wollte wissen, welches Wesen es mit diesem Psychopathen ausgehalten hat. Also habe ich dort gewartet. Ich war auf alles vorbereitet. Aber nicht auf dich!«

SINA

Sina holte ein neues weißes Blatt Papier hervor und tauschte das bereits vor ihr liegende aus. Sie hatte noch keine Zeile geschrieben, aber ihre Tränen hatten es bereits aufgeweicht. All die zurückliegenden Monate waren anstrengend für sie gewesen, so unendlich kräftezehrend. Rolf war ihr oft eine Hilfe gewesen, aber das Wesentliche hatte sie allein durchstehen müssen. Die Recherchen, die sie über Paul Biermann angestellt hatte. Die Verarbeitung des Ganzen nahm ihr jegliche Kraft. Die Enttäuschung darüber, diesem Menschen verfallen zu sein. Die Zerrissenheit zwischen ihrer Liebe und dem abgrundtiefen Vertrauensbruch vermochte sie nicht gedanklich, geschweige denn emotional zu fassen. Finanziell stand sie vor einem Desaster. Eine Lebensversicherung hatte es offenbar nie gegeben.

Andere Vorgänge und erlebte Wahrheiten aus ihrer Vergangenheit, aus ihrer Kindheit und Jugend brachen sich unterdessen Bahn. Ihr war, als würde ihr Innerstes nach außen gekehrt. Das Erbrechen von Mageninhalten fühlte sich gesund an gegen das Gefühl des kompletten Umkrempelns. Als würden Magen und Darm nach außen gestülpt und ihr äußeres Ich nach innen gedreht.

So konnte es nicht weitergehen.

Sie hatte einen Entschluss gefasst.

Sie begann zu schreiben.

Mein lieber Bruder!

Du warst mir mein ganzes Leben lang eine Stütze. Mein Teddy zum Anlehnen, zum Ankuscheln, wenn es mir wieder mal schlecht ging. Und dafür danke ich Dir von ganzem Herzen.

In mir ist so vieles aufgebrochen, dass ich nicht mehr ein und aus weiß.

Bilder unseres Vaters kommen mir in den Sinn. Bilder, wie er mich sexuell misshandelt. Bilder, in denen ich es klaglos über mich ergehen lasse. Im Gegenteil, ich halte es sogar für eine Möglichkeit, die Aufmerksamkeit und Liebe des Vaters zu spüren.

Aber es war keine Liebe. Das sagt mein Verstand.

Genau wie bei Luke oder Paul, es ist so verwirrend. Es war keine Liebe. Das sagt der Verstand. Aber mein Herz sagt in beiden Fällen etwas anderes.

Und diese Liebe wurde schamlos ausgenutzt. Und mein Herz hat Schaden genommen. Großen Schaden!

Mein Herz ist gebrochen. Es ist in tausend Stücke zersprungen. Ich kann diese Stücke nicht mehr zusammenklauben. Und ich spüre, dass die paar Brocken, die ich noch habe, nicht ausreichen, meiner Luna eine liebende Mutter zu sein. Diese Erkenntnis schmerzt mich unendlich.

Gleichzeitig hat Luna bei mir etwas getriggert. Bilder kommen hoch. Bilder meines Vaters, der mich bereits in früher Kindheit misshandelt hat. Schreckliche Bilder. Ich schaffe es nicht, diese Bilder in Worte zu fassen, geschweige denn, sie aufzuschreiben. Aber jetzt weiß ich, woher meine plötzlichen Panikattacken kommen, wenn ich mich hilflos und verlassen fühle.

Ich frage mich, ob unsere Mutter etwas davon wusste. Sie muss es gewusst haben! Aber sie hat nichts gesagt. Auch diese Erkenntnis reißt mein Herz kaputt.

Doch kann ich ihr wirklich böse sein?

Ich war es zunächst. Ich habe getobt, ich habe geschrien, ich habe gewütet. Dann kam die Erkenntnis: Ich bin nicht besser.

Auch ich verlasse mein Kind, weil ich diesen Spagat zwischen Schuld, Scham und Liebe nicht mehr aushalte. Ich hätte nie die Kraft aufgebracht, mich gegen ihren Vater zu wehren. Ich habe es schon für mich nicht geschafft. Ich bin mir sicher, irgendwann wäre Luna das gleiche Schicksal beschert gewesen wie mir. Und mutmaßlich war es bei unserer Mutter nicht anders. Ich kann sie nicht mehr hassen. Im Gegenteil, auch wenn mein Herz kaputt ist, so spüre ich doch eine verzweifelte Sehnsucht, ihr Liebe zu schenken. Auch sie wird daran zerbrochen sein, einen Mann zu lieben, abgründig zu lieben und ihn gleichzeitig zu hassen, abgründig zu hassen. Das hält kein Mensch aus.

Mein lieber Bruder. Ein Teddy zum Anlehnen reicht da nicht mehr. Das weiß ich nun.

Aber Du wirst mir vielleicht auf eine andere Weise helfen: Bitte nimm Luna in Deine Obhut. Du bist mein nächster Verwandter. Und hiermit bestimme ich Dich, Lunas Onkel, als ihren Vormund. Bei dir soll sie leben. Das Jugendamt wird meine hier niedergeschriebene Entscheidung hoffentlich akzeptieren.

Ich weiß, Du wirst ein guter Vater für sie sein. Der beste sogar!

Rolf, mein großer Bruder, mein Beschützer, mein Teddy, ich habe Dich immer geliebt!

Ich habe keine Angst mehr. Wenn ein Herz nicht mehr lieben kann, so kann es sich auch nicht mehr ängstigen. Ich scheide in meinem freien Willen aus diesem Leben und erwarte ein besseres, wo auch immer ich hinkommen werde. Wenn ich unserer Mama begegne, werde ich einträchtig mit ihr zusammensitzen. Kein Groll, keine Vorwürfe. Ich werde sie von Dir grüßen.

Und wir werden uns von dort, wo wir sind, an Euch erfreuen. Behalte mich bitte in guter Erinnerung und erzähle Luna von ihrer Mutter, die sie immer geliebt hat, aber am Ende nicht mehr lieben konnte.

Lieber Bruder, ich habe einen Wunsch, der Dir sicherlich komisch vorkommen wird. Tadele mich bitte nicht deswegen: Ich möchte gern in der Nähe von Luke begraben sein. Niemand soll wissen, wer ich war. Deshalb benutze bitte meinen Geburtsnamen als Grabinschrift.

Lieber Rolf, liebe Luna,

ich wünsche Euch alles erdenklich Gute in Eurer Welt. Ihr seid besser für sie gerüstet, als ich es je war.

Sina Wachtmann, geb. Weitzel

KATRIN

»Katrin, fühlst du dich denn schon bereit?«

»Wofür?«

»Na ja, ein neuer Mann in deinem Leben, dann noch mit einem Kind.«

»Was wäre daran so verwerflich?«

»Nichts.«

»Das sagst du. Denken tust du aber, dass ich den nächsten Klatsch in euren Kreisen bestimmen werde. Und das passt dir nicht.« Katrin sieht ihren Vater herausfordernd an.

»Das kann man so nicht sagen«, beschwichtigt dieser.

»Kannst du ruhig. Außerdem fragst du dich, ob Herr Weitzel für dein Imperium einsetzbar wäre. Für Betriebssport vielleicht. Immerhin kann er auch Englisch.«

»Du machst Scherze.«

»Tue ich das?«

»Jedenfalls ... Ich weiß nicht, ob dieser unkonventionelle junge Mann in dein Leben passt. Paul war ...«

»Ganz anders. Du hast recht. Und das ist es, was ich mit dir besprechen will.«

»Was gibt es da zu besprechen? Er ist tot. Das hat ein riesiges Loch in dein Leben gerissen und im Übrigen auch in die Firma. Solch einen fähigen, loyalen Mitarbeiter findet man nicht an jeder Hausecke.«

»Du hast wie immer recht. Er war eine lohnende Investition für dich.«

»Was soll das denn jetzt?«

»Schließlich hast du dafür gesorgt, dass er vernünftig studieren kann. Da war es ja nur recht, dass er für dich arbeitet.«

»Möchtest du jetzt mit mir streiten?«

Äußerlich bleibt ihr verhandlungsstarker Vater ruhig. Sie weiß aber, dass es in ihm brodelt. Diese Aufmüpfigkeit ist er von ihr nicht gewohnt. Mit dem, was sie zu sagen hat, ist sie ohnehin in der überlegeneren Position. Deshalb erwidert sie in einem abgeklärten Ton: »Nein, im Gegenteil, ich möchte dich in Kenntnis setzen.«

»Ich werde aus dir nicht schlau. Katrin, meine Tochter, was ist los?«

»Hast du mal darüber nachgedacht, dass nicht du es warst, der mit ihm ein Geschäft abgeschlossen hat? Studium finanzieren gegen ein: *Hey, komm mal vorbei, wenn du deinen Abschluss hast. Ich habe bestimmt Verwendung für so großartige Kerle wie dich.*«

»Ich empfinde es schon so, dass du dich mit mir streiten willst.«

»Nein, ich gebe dir keine Schuld, ich bin ja genauso auf ihn hereingefallen.«

»Du sprichst in Rätseln.«

»Was wäre denn, wenn Paul mit dir ein Geschäft geschlossen hätte? *Hey, zahl mir mein Studium und du kannst über mich verfügen, dem Besten meines Abiturjahrgangs und dem voraussichtlich Besten im Studium.*«

»Warum soll ich das so betrachten? Ich verstehe nicht.«

»Das ist die eigentliche Frage: Warum? Warum ist er mit mir auf die Abiturfeier gegangen? Mit mir?«

»Weil du ein hübsches, geistreiches Mädchen warst. Und immer noch bist.«

»Aber er stand auf ganz andere Typen, die Extrovertierten, die Reiferen, nicht so eine stille Träumerin wie mich.«

»Er hat eben erkannt, in welcher die wahren Qualitäten stecken.«

»Danke, Papa, aber ich denke nicht, dass Paul das so gesehen hat.«

»Du machst mich neugierig. Worauf willst du hinaus?«

»Er ist mit mir zu diesem Ball gegangen, weil ich deine Tochter bin. Dem Chef einer lukrativen Baufirma. Er hat es geschickt eingefädelt und auf lange Sicht geplant. Erst macht er sich bei mir interessant. Das hat er weiß Gott geschafft. Er ist mir zugegebenermaßen nicht mehr aus dem Kopf gegangen. Er konnte sehr charmant sein. Dann war er weg. Aber nie ganz. Durch dich und die Studienunterstützung hat er eine längerfristige Verbindung zu unserer Familie aufgebaut. Als er wieder vor meiner Tür stand, war bereits klar, dass er zur Firma und ein Stück weit bereits zur Familie gehörte. Du hast in ihm einen Sohn gesehen. Und ich dachte, die große Liebe in mein Leben gelassen zu haben.«

»Aber Kind. Was ist denn passiert? Hat er dich jemals schlecht behandelt?«

»Nein, das ist es, was mich stutzig gemacht hat. Er war immer freundlich und nachsichtig zu mir. Eher wie ein guter Geschäftsmann zu seinen Kunden, wenn er den Auftrag nicht verlieren will.«

»Ich verstehe immer noch nicht.«

»Er hat mich geheiratet. Papa, du hast ihm Vollmachten ausgestellt. Ahnst du, worauf das Ganze hinausläuft?«

»Eine Art Heiratsschwindler? Nein, dessen Tricks würde ich niemals aufsitzen.«

»Dann solltest du dir einen Schnaps holen und dich setzen. Ich habe Recherchen über ihn angestellt. Er hat Firmengelder veruntreut. Kleinere Summen aus größeren herausgelöst. Über Umwege fremde Konten bedient. Einen Notgroschen für schlechte Zeiten, wie ich zunächst dachte.«

»Wie viel?«

»Zwei Millionen.«

Ihr Vater sieht sie ungläubig an. Gleichzeitig sieht sie, wie sich hinter seiner Stirn die nächste Rechtfertigung bildet. Er will es nicht wahrhaben. Noch nicht.

Katrin setzt einen drauf. »Er hat Scheinfirmen in der ganzen Welt gegründet. Größere Auftragssummen sind zu ihnen geflossen. Und wir haben nichts bemerkt. Noch einmal 5,8 Millionen.«

Ihr Vater wird bleich, tritt an die Bar, schenkt sich einen Schnaps ein und sinkt in einen Sessel. »Was sagst du da?«

»Wir haben im Controlling tief gegraben. Ich hatte einen Verdacht und erste Beweise. Wenn man weiß, wonach man suchen muss, ist es gar nicht mehr so schwer.«

»Aber eure Ehe …«

»Unsere kinderlose Ehe. Die Vollmacht, die er sich von dir ergaunert hat. Oder später ich.« Katrin wirft diese Informationen wie Brocken hin. Soll ihr Vater sich die Konsequenzen doch selbst zusammenreimen.

»Du meinst, er hat auf unseren Tod spekuliert?« Ungläubige Blicke taumeln aus den Augen ihres Vaters.

»Es ist schwer zu fassen, aber nur das ergibt Sinn. So schwer es auch zu verkraften ist – besonders für mich.« Katrins harte Fassade, die sie versucht hat, im Gespräch mit ihrem Vater aufrechtzuerhalten, bricht plötzlich zusammen. Die ganze Verlogenheit ihrer Ehe quillt in ihr hoch, lässt sie erzittern und Tränen über ihre Wangen rinnen.

»Oh, Katrin, mein Engel.« Ihr Vater steht auf, fasst sie wieder an den Armen, zögert, zieht sie schließlich in seine Arme und hält sie fest und geborgen. Es braucht eine Weile, bis sie die Besonderheit dieser Situation erkennt: Ihr Vater nimmt sie in den Arm. Umschließt sie fest. Ein absolutes Novum in ihrer Beziehung. Sie muss unter ihren Tränen lächeln. »Ach, Papa.« Und sie schließt ihrerseits die Arme um seinen Körper.

Von Pauls Ambitionen, andere Frauen für sexuelle Dienste gefügig zu machen, erzählt sie ihm lieber nichts. So verschweigt sie auch die Geschichte von Rolfs Schwester oder die Aussagen von Sandra, die ihr später in einem ruhigen Gespräch offenbart, was Paul von ihr damals verlangt hat und dass sie für ihr Leben gestört sei. Er war also schon in der Schule so. Danach hatte er viel Zeit, um zu üben. Zu üben, um das Wohlwollen seiner Zielpersonen auf immer perfidere Weise zu erlangen.

»Papa, ich muss dir noch etwas sagen.«

»Was denn noch? Ist es nicht bereits genug für einen alten Mann wie mich?«

»Alter Mann. Du strotzt vor Tatendrang.«

»Also, was ist es?«

»Als deine Wirtschaftsfachfrau hätte ich die Unregelmäßigkeiten früher aufdecken müssen. Auch ohne konkreten Verdacht. Ich habe meine Arbeit schlecht gemacht. Und du solltest mich dafür rausschmeißen.«

»Aber, Katrin, ich bin doch froh, dass ich dich habe. Oder was willst du mir damit mitteilen?«

»Da du Rolf ja nicht sinnvoll unterbringen kannst – und er würde es auch nicht wollen –, habe ich mich entschieden, ebenfalls aus dem operativen Geschäft auszusteigen. Papa, bitte such dir eine andere vertrauenswürdige Person. Ich kann dir gern Kontakte herstellen. Ich werde dir zuliebe im Aufsichtsrat bleiben, aber ich muss mein Leben in Zukunft anders organisieren. Ich habe Träume und Wünsche, die ich verwirklichen möchte. Es geht nicht anders.« Katrin blickt ihrem Vater tief in die Augen. »Ich danke dir für dein Verständnis. Herr Schreiber aus dem Controlling wird mit dir die Causa Paul in allen Einzelheiten besprechen.«

Katrin verlässt das Büro, nimmt ihre Jacke, verlässt das Gebäude durch das große Eingangsportal. Als sie auf den Vorplatz tritt, atmet sie tief die frische Luft ein. Ein neues Leben würde jetzt beginnen.

Ihr Leben!

KATRIN

»Katrin, du kannst dich nicht einfach aus eurer Firma zurückziehen.«

»Aber du weißt, ich will eigentlich etwas ganz anderes.«

»Aber du hast einen verantwortungsvollen Job.«

»Den mir mein Vater ausgesucht hat.«

»Na, ganz so wird es schon nicht gewesen sein.«

»Aber mein Jugendtraum ...«

Katrin hat sich auf einen gemütlichen Sonntagmorgen mit Rolf gefreut, als sie mit zwei dampfenden Kaffeebechern zurück ins Schlafzimmer kommt und ihre nackten Beine wieder unter die Bettdecke steckt. Stattdessen macht Rolf ihr Vorhaltungen.

»Es war ein Jugendtraum. Du kannst toll mit Kindern, bestimmt auch mit benachteiligten. Aber glaube mir, es ist nicht immer nur schön.«

»Ich weiß nicht. Das mit Paul, meinem Vater, dem Unternehmen, das ist mir alles noch zu nah.«

»Ich bin bei dir, Luna ist bei dir. Ich werde mich nach einer Lehrerstelle in der Umgebung umsehen. Dann kannst du deiner Verantwortung in der Firma gerecht werden. Und deine andere Leidenschaft lebst du mit Luna aus. Und wenn du für mich auch noch ein wenig Zeit erübrigen könntest, wäre ich der glücklichste Mann der Welt.«

»Ach, du!« Katrin zieht die Decke ein Stück herunter und kuschelt sich an seine Brust. »Und das würdest du machen?«

»Was?«

»Zu mir ziehen?«

»Das Jugendamt hat mir bereits signalisiert, dass es einer häuslichen Partnerschaft sehr wohlwollend gegenübersteht. Wir könnten dann Luna zu uns nehmen.«

»Das hört sich alles sehr schön an. Na gut, ich überlege es mir.« Katrin setzt ein schräges Lächeln auf, das bedeuten soll:

Habe ich mir längst überlegt. Ich freue mich. »Rolf, das ist alles so aufregend. Und letztlich hast du recht. Mein Vater kann nichts dafür. Er wurde genauso hereingelegt. Sicherlich ist es nicht fair, ihn nun mit dem Schlamassel allein zu lassen.«

»Das sehe ich auch so. Den Schuldigen gibts nicht mehr. Ihm muss nichts mehr nachgewiesen werden. Deine Aufgabe wird es sein, den Schaden, den Paul in eurer Firma angerichtet hat, zu beheben. Und das kannst du bestimmt am besten.«

»Danke, dass du mich wieder in die Spur bringst. Es ist wohl meine verletzte Eitelkeit, die mich geradezu hat fliehen lassen. Ich werde meine Aufgaben dahin gehend wahrnehmen. Und dann sehen wir weiter.«

»Das ist doch mal ein Anfang.«

Rolf legt seinen Arm um sie, umschließt sie fest, um damit eine Art Pakt zwischen ihnen zu besiegeln. Jeder bringt seine Angelegenheiten zu Ende, Schadensbegrenzung in der Firma, die Formalitäten mit dem Jugendamt regeln, und dann können sie sich auf ihr neues Leben konzentrieren.

Nun, da das geklärt scheint und jeder dabei einen halben Becher Kaffee geleert hat, übernimmt Katrin die Initiative und streift sich ihr Nachthemd ab. Ihr macht es Spaß, Rolf ihren Körper zu zeigen. Seine Augen leuchten dann immer so sonderbar. Ein schönes Gefühl. Sie streckt ihre Hand unter seine Decke. Regt sich dort schon etwas? Bereits halb erigiert, verwandelt sich sein Schwanz unter ihrer Berührung in den harten Lustbringer, den sie sich erhofft hat.

»Ich glaube, deine Wünschelrute ist auf der Suche nach etwas?«

»So? Und was könnte das sein?«

»Du kannst sie ja mal auf Entdeckungstour schicken, vielleicht schlägt sie ja an, wenn sie etwas gefunden hat.«

Rolf dreht sich zu ihr, beginnt, ihren Körper an allen erdenklichen Stellen zu liebkosen. Von den Ohren über den Hals zum Dekolleté, über ihren Busen hinunter zu ihrem Bauch. Katrin streckt sich lang aus und öffnet ihre Schenkel. Als sein warmer Atem über ihre Vulva haucht, ist sie bereits so erregt, dass sie Rolf ermahnt. »Wolltest du nicht deine Rute auf Erkundung schicken? Deine Zunge macht das toll, aber ich glaube, du bist an einem Ort, an dem die Wünschelrute extrem ausschlagen wird.«

Rolf kriecht wieder höher, bis sein Penis ihre Schamlippen berührt. »Ich glaube, du hast recht. Dort scheint sie besonders aktiv zu reagieren.«

»Rolf ... ich möchte, dass du dich hinter mich legst.« Katrin rollt sich zur Seite und genießt Rolfs warmen Körper, der sich hinter sie schmiegt.

Eine Hand hat er unter ihre Hüfte geschoben, die andere greift von hinten nach ihrer Brust. Zärtlich kneten seine Finger ihre Wölbung. Ein Bein aufgestellt, gibt sie ihm alle Freiheiten. Sein Glied streicht zunächst zärtlich über ihre Scham, bis er es endlich in ihr versenkt. Nun genießt sie seine Beckenschwünge, mit denen er sie zu höchsten Wonnen reizt. Sie dreht ihren Oberkörper unter seinem Arm, reckt ihren Mund mit gespitzten Lippen in seine Richtung. Ein Kuss ist es, den sie begehrt. Rolf beugt sich zu ihr und senkt seine Lippen an die ihren. Mit geschlossenen Augen überlässt sie sich seinen Künsten, sie zu verwöhnen. Seine weichen Lippen, seine suchende Zunge; und dann sein pfahlharter Schwanz zwischen ihren Beinen, den er im gemäßigten Rhythmus der untermalenden Musik zu bewegen weiß.

Nur keine Eile.

Bevor er sie zu den Höhen eines Orgasmus befördert, möchte sie das Gefühl auskosten. Das Gefühl der Gemeinsamkeit. Die Gemeinsamkeit, etwas unvergleichlich Schönes zu erleben.

Etwas so Schönes, das mit nichts zu vergleichen ist, was zwei verliebte Menschen sonst miteinander teilen könnten. Mit jedem Eindringen presst sich Luft aus ihrer Lunge, was ein leises Stöhnen verursacht. Bei jedem Einatmen inhaliert sie den frisch-herben Duft, den Rolf verströmt. Ein Duft, in den sie ganz eintauchen möchte.

Diesen Mann kann ich gut riechen, denkt sie und lächelt glücklich.

»Was ist, tue ich dir weh?«

»Im Gegenteil, was du tust, ist Balsam für meinen Körper und meine Seele. Hör bitte niemals auf.«

»Du meinst, wir sollten es auf ewig so weitertreiben.«

»Am liebsten, ja.«

»Aber dann kommst du nie in den Genuss eines Orgasmus.«

»Wie sagt der Wandersmann: Der Weg ist das Ziel.«

»Trotzdem freut er sich, wenn er auch mal ankommt.«

Rolf intensiviert seine Stöße und Katrin kann sich kaum noch so entspannt verhalten wie eben noch. In Wellen zieht es durch ihren Körper, mit jedem Stoß werden diese Wellen stärker, treten schneller hintereinander auf, überlagern sich, türmen sich auf, bis schließlich eine einzige riesige, durchgehende Orgasmuswelle ihren Körper durchzieht. Sie hat das Gefühl, nur noch auszuatmen.

Kurz hat sie Panik, keine Luft mehr zu bekommen, so lähmt die überschäumende Kraft dieses Sinnenreizes. Hervorgerufen durch Rolf, den Künstler, den Magier. Wie er es immer wieder schafft, ihre Hormone in Wallung zu bringen; sie jedes Mal in einen höheren Erregungszustand zu versetzen. Von Mal zu Mal wird es aufregender, heißer, betörender, geiler, ach was, erhabener. Wo soll das enden, wenn es ihr jetzt bereits vollendet erscheint?

Katrin lässt Rolf das Gleiche erleben. Sicherlich fühlt er

sich durch ihren Orgasmus zusätzlich stimuliert. Angespornt durch ihr Stöhnen und ihre ekstatischen Körperzuckungen, nicht zuletzt durch ihre kontrahierenden Scheidenmuskeln, erlangt auch er kurze Zeit nach ihr seinen Höhepunkt. Warm spürt sie seinen Saft in ihre Grotte schießen, was wiederum ein kleines Nachbeben in ihr auslöst.

Verschwitzt, verausgabt, erschöpft rollen sie ihre Leiber zueinander; umarmen sich, drücken sich, küssen sich glücklich und zufrieden, einander zu haben.

»Erst mit dir weiß ich, wozu Liebe fähig ist. Ich fühle mich bei dir so unendlich sicher, so behütet und gleichzeitig frei, wie ich es vorher nicht gekannt habe. Woher sollte ich wissen, dass so etwas möglich ist? Ich kann mich in deinen Armen dermaßen gehen lassen, dass du Empfindungen in meinem Körper hervorlockst, die ich nicht für möglich gehalten habe. Ich liebe dich!«

Zufrieden schließen sie die Augen und genießen die Erschöpfung.

***

Ein leichter Schlaf nimmt von ihnen Besitz, aus dem Katrin als Erste erwacht. Katrin zwirbelt gedankenverloren ein paar Haare auf Rolfs Brust, bis er ebenfalls erwacht und sie anblinzelt.

»Du? Die Eltern von Paul haben sich übrigens angemeldet. Sie kommen aus Schweden zu Besuch. Mein Vater hat Kontakt zu ihnen aufgenommen. Er hatte sie immer als undankbare Rabeneltern verflucht. Aber nun hat er ein gewisses Verständnis entwickelt. Sie möchten auch mit mir sprechen.«

Katrin sieht Rolf fragend an und dieser versteht.

»Nein, lass uns dabei bleiben. Ziehen wir meine Schwester nicht mit hinein. Und Luna auch nicht.«

»Eines Tages wird sie Fragen stellen, oder?«

Rolf atmet tief durch. »Schau erst einmal, was sie zu sagen haben, wie sie drauf sind. Dann können wir immer noch entscheiden. Es geht nicht nur um seine Eltern, sondern auch um deine. Sie kennen die ganze Wahrheit bisher auch nicht.«

Katrin nickt verständnisvoll. »Es ist schön, jemanden zu haben, mit dem ich alles besprechen kann. Ein Jahr lang habe ich alles mit mir allein ausgemacht. Und glaube mir, ich war nicht immer ein so vertrauenswürdiger Ratgeber wie du.«

KATRIN

»Katrin, schön, dass du es einrichten konntest.« Frau Biermann kommt auf sie zu. Katrin versucht, die Ähnlichkeiten zwischen der groß gewachsenen blonden Frau und Paul zu entdecken. Bei ihrer Hochzeit waren Pauls Eltern nicht anwesend. Bei der Beerdigung hatte sie sie nur kurz gesehen. Sie hielten sich abseits, nicht in der vorderen Reihe bei den nächsten Angehörigen. Das Gefühl der undankbaren Rabeneltern hatte sich damals bei ihr verstärkt. Denn sie kamen auch nicht zu ihr, um ihr ein Beileid auszusprechen. Und sie selbst hatte sich auch nicht getraut, sie anzusprechen. Und jetzt tat Frau Biermann so freundlich auf sie zu. Normalerweise bot sie jedem, mit dem sie in früheren Zeiten Kontakt hatte, und seien es die Eltern von Schulkameraden, das Du an. Bei Frau Biermann entschied sie sich, geschäftsmäßig zu bleiben. Die Distanz zwischen ihnen war einfach zu groß.

»Frau Biermann. Sie haben mit meinem Vater bereits über die Vorfälle gesprochen. Was kann ich dabei tun?«

Herr Biermann taucht aus dem Hintergrund auf, nickt ihr freundlich zu und gibt ihr die Hand, verschwindet danach wieder auf seinen Couchplatz am gedeckten Teetischchen. Frau Biermann ergreift dagegen das Wort und spricht sie persönlich an.

»Katrin, ich stecke so voller Schuld dir gegenüber. Und ich … wir … möchten dich um Entschuldigung bitten. Hör dir bitte an, was ich zu sagen habe, und dann entscheide selbst.«

Katrin bleibt stehen. Folgt der unausgesprochenen Aufforderung nicht, sich zu setzen.

»Wir kannten dich immer als liebenswertes, intelligentes Mädchen. Desto überraschter waren wir, als wir erfuhren, dass du mit Paul zusammen bist. Bei einem unserer Besuche in der alten Heimat haben wir euch zusammen gesehen. In der Stadt, Hand in Hand, lachend. Ihr saht glücklich aus. Hatten wir uns in dir getäuscht? Wie konnte so eine junge, liebe, intelligente Frau mit unserem Sohn zusammen sein?« Frau Biermann schluckt zweimal, als ob ihr die Stimme stockt. »Es tut uns so leid. Aber langsam steigerten wir uns gegenseitig hinein in ein Bild von dir, das so anders war, als wir dich aus der Schulzeit kannten.«

Da sie selbst zur Hochzeit verhindert waren, hat sich bei Katrin in all den Jahren ein gesundes Misstrauen ihnen gegenüber aufgebaut. Wahrscheinlich ging es ihr ähnlich wie Pauls Eltern mit ihr. Sie kann dieses Misstrauen jedoch nicht so schnell ablegen. Sie bleibt weiterhin dabei, Pauls Eltern zu siezen. »Ich habe jetzt auch eine andere Seite von Paul kennengelernt. Aber glauben Sie mir, zu mir war er immer gut. Wenn offenbar auch aus Berechnung.«

»Dein Vater hat uns erzählt, dass er Gelder veruntreut und es womöglich auf die ganze Firma abgesehen hatte.«

»Ich habe ihnen sogar von der Vollmacht erzählt«, ergänzt ihr Vater. »Sie sind über alles informiert. Ich habe mich bereits bei ihnen entschuldigt, dass ich sie für Rabeneltern hielt.«

»Wir machen uns solche Vorwürfe. Hätten wir die Heirat verhindern sollen? Wir wussten nicht, wie … Und wir hatten Angst.«

Katrin bekommt langsam Mitleid mit diesen Eltern. »Ich hätte Ihnen wahrscheinlich auch nicht geglaubt. Warum auch?«

»Paul war schon als Kind ein emotionsloser Mensch. Dass ein Junge auch mal eine Schnecke mit dem Messer zerschneidet, ist normal, denke ich. Aber mit welcher emotionslosen, kalten Art er das tat und uns davon erzählte.« Frau Biermann schließt kurz die Augen und schüttelt leicht den Kopf, als wollte sie diese Bilder wieder aus ihrem Gedächtnis streichen. »In der Grundschule hatte er keine Freunde. Es konnte keiner etwas mit ihm anfangen. Kein Lächeln, kein Weinen. Die anderen Kinder konnten ihn nicht einschätzen, konnten gar nicht wissen, woran sie mit ihm waren. Dann taute er plötzlich auf, wurde freundlicher, gar höflich. Es wurde immer besser mit ihm, und wir dachten, jetzt hat er seine Phase übersprungen, jetzt wird er ein normales Kind und ein Jugendlicher, mit dem man etwas anfangen kann.«

Katrin bekommt langsam eine Ahnung davon, was Pauls Eltern ihr beizubringen versuchen. »In der Zeit habe ich ihn kennengelernt. Ein allseits geschätzter Mitschüler. Und die Mädchen standen auf ihn.«

»Eines Tages beobachteten wir, wie er vor dem Spiegel stand und Grimassen schnitt. Ein freundliches Gesicht, ein wütendes Gesicht, ein trauriges Gesicht. Wollte er Schauspieler werden? So dachten wir. Ja, wollte er. Aber nicht auf der Bühne oder im Film. Er übte für das Leben da draußen. Er konnte jedem alles vorspielen. Auch uns. Und wir haben es geglaubt. Bis wir Zweifel bekamen. Bis wir merkten, dass er uns manipulierte, gegeneinander ausspielte. Das machte er so geschickt, dass er immer sein Ziel erreichte. Als wir schließlich sein Spiel durchschauten, zeigte er sein wahres Gesicht. Er drohte uns. Und er war uns mittlerweile körperlich überlegen. Es war die Hölle. Zwei Jahre lang. Bis er seinen

Abschluss hatte und volljährig wurde.« Jetzt übernimmt Pauls Vater das Wort. »Wir haben das Haus verkauft und sind nach Schweden gezogen. Paul haben wir vor vollendete Tatsachen gestellt. Wir sind geradezu vor ihm geflohen.« Pauls Mutter stehen derweil die Tränen in den Augen. Sie ist körperlich zusammengesunken, fühlt sich immer noch schuldig, als Mutter versagt zu haben.

»Und doch muss er etwas geahnt haben, denn bereits vorher hat er den Kontakt zu mir hergestellt«, wirft Katrins Vater stirnrunzelnd ein.

»Und zu mir«, ergänzt sie selbst. »Die Einladung zum Abiball.«

»Er muss alles von langer Hand vorbereitet haben«, übernimmt wieder Pauls Vater das Wort. »Schrecklich.«

»Ich bereue es aufrichtig, dich als Schwiegertochter nicht besser kennengelernt zu haben.«

Erika Biermann kommt unsicher auf Katrin zu. Ungeschickt versucht sie eine Umarmung.

Katrin lässt es schließlich zu. Auch wenn Paul tot ist, Erika und Willfried sind die einzigen Schwiegereltern, die sie jemals haben wird. Rolfs Mutter ist tot und mit seinem Vater wird sie im Leben nichts zu tun haben wollen. Katrin laufen die Tränen heiß über ihre Wangen. Nach all den Jahren doch noch eine Beziehung zu ihren Schwiegereltern aufzubauen, kommt ihr sehr überraschend vor. Aber ihr Bauchgefühl meldet ihr, dass es richtig und gut ist. Deshalb reagiert sie überwältigt und gefühlsgeladen.

»Wir haben gehört, dass du einen neuen Partner kennengelernt hast.« Willfried versucht, der emotionalen Situation wieder Struktur zu geben. »Er hat ein Kind? Wie schön. Wir werden keine Enkelkinder haben, das ist sicher. Wie wäre es, wenn ihr uns mal in Schweden besuchen kommt?«

»Das ist die beste Idee, die mein Mann je hatte.« Erika ist von ihren Gefühlen überwältigt. »Du bist unsere Schwiegertochter, gehörst zu unserer Familie. Und damit gehören dein Rolf und …«

»Luna«, ergänzt Katrin.

»… und Luna auch dazu. Wir würden uns riesig freuen, die beiden kennenzulernen.«

***

Katrin und Rolf beschließen, die Wahrheit über Luna nicht preiszugeben. Sie sind als Familie akzeptiert, das sollte reichen. Erika und Willfried mussten genug mit ihrem Sohn mitmachen. Die Geschehnisse um Paul und Rolfs Schwester Sina werden sie ihnen ersparen. Es bleibt ein Geheimnis. Und Luna wird trotzdem Oma und Opa zu ihnen sagen.

Der Urlaub in Schweden ist bereits geplant.

NICHT VERPASSEN: KOSTENLOS PER POST ...
»SEX IM SCHNEE«
DIE EROTISCHE ZUSATZGESCHICHTE
SCHNEIDE DIR DIE POSTKARTE AUS
UND SCHICKE SIE AUSGEFÜLLT ZURÜCK!

Exklusiv & kostenlos für unsere Buchkäufer:
»Sex im Schnee«
Die erotische Kurzgeschichte & iPad-Gewinnspiel

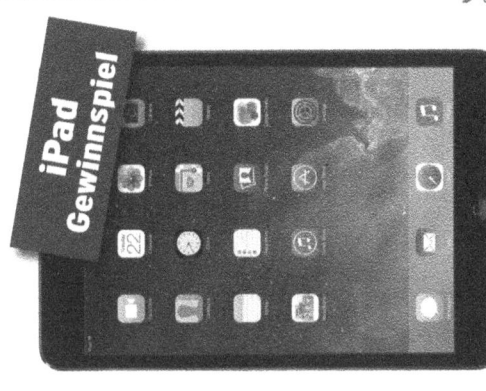

iPad Gewinnspiel

GRATIS

Kostenlos per Post:

Sex im Schnee
Freja Lind

Erotische
Kurzgeschichte

8 Seiten

Die Internet-Story
zu dem Buch:
**»Die zwei Gesichter der
geilen Dominanz«**